梦醒大杂院

老 鹰 ◎ 著

中国书籍出版社
China Book Press

如何有尊严地活着（序）

环境塑造人。这是我在上世纪八十年代从一本创作谈之类的书本里看到的，短短五个字，对有志于小说创作的我而言，几乎就是至理名言，有着醍醐灌顶的意义。我还有一个理解：所谓的环境，应该是一个动态，比瞬间的印象更持久地影响人的成长与性格发展。后来又看到马克思说过的一句话：人是一切社会关系的总和。我努力去感悟这句话，对如何在典型环境中创造典型人物，似乎更有方向和信心了。

四十年来，我所写小说的基本场景都放在了上海，涉及的街道、桥梁、电影院、学校、公园以及大江小河，都可以在上海找到具体的对应物。如果写到弄堂，那基本上就是我从小生活了三十多年的六合里（一条在昔日法租界的典型弄堂）。如果我愿意，可以不厌其烦地将每一扇老虎天窗开裂的木纹和发霉的玻璃描写出来。小说中人物的对话，我是用书面语即普通话落笔的，但如果用上海方言来读，基本没有障碍。所有这一切，都是凭借着少年时代慢慢积累起来的记忆——那是在黄昏时分靠着窗子远眺夕阳发呆时获得的鲜明印象，还有在弄堂——上海特有的市民生态环境中与人打交道时积累的一些交际经验。

少年时的多愁善感与无意识积累，构成我的小说底色。评论界曾经认为我对上海市民社会的描写，真实记录了在大时代的变迁中，上海市民与时代、与城市、与世界风尚的敏感关系。这里，准确地描写对人物塑造提供了先决的可能。这些年来，我在小说创作上似乎有些倦怠，兴趣点渐渐转向创作与城市历史、与市民生态有关的散文。我记忆库存里的信息，就是取之不尽的宝藏，仍然在发酵，在醇化，甚至在复制第二代、第三代……我常有一种亦真亦幻的喜悦或恐慌。

此前我一直庆幸自己的记忆力是超群的，直到读到了作者的这本书的校样，才惊愕地发现作者的记忆力比我还强。

这本书激发了我的阅读兴趣，并不在于对北方城市生活状态的回忆，这样的书几乎汗牛充栋，而是作者是一个上海籍人士，随父母来到遥远的北方，并入住一个有36户人家的大杂院，在那里打量局部世界，感知人世间的冷暖。上海有一部滑稽戏《七十二家房客》，是来形容房客之多，属于艺术夸张。现实生活中的石库门，撑足也只能容纳十来家租户。与北方的大杂院相比，就小巫见大巫了。所以在空间上更胜一筹的北方大杂院，在市民生态的营造与展现方面，比之上海的石库门更加复杂，更加丰富，当然也更有研究的必要。

以前我看过许多前辈作家写四合院的文章，由此知道四合院之于老北京的历史文化的意义。不过有些作家在落笔时，往往勾兑了过于甜蜜的想象，喜欢"犹抱琵琶半遮面"地流露某种优越感，这个当然也容易讨人欢喜。自然，小巷深处的四合院，"天棚石榴胖丫头"，或者"树小墙新画不古"，都可能与亲王、格格、贝勒爷或民国大官甚至失势军阀发生瓜葛，作者早年侧身于此，哪怕只是一间披屋，碰巧的话倒也可能见证一段风云际会、刀光剑影的大历史，很值得酒后捕风捉影，长啸一番。

相比之下，写大杂院的作家不多。大杂院明显档次不高，是劳动人民蚁聚蜂屯的场所，逼仄、简陋、潮湿、杂乱，条件肯定是差的。大杂院里飞出金凤凰不是没有可能，但大杂院的文化底蕴比不上四合院，连石库门也不能望其项背，所以这方面的书，只有北京、天津、哈尔滨、长春等城市的作家在小说中偶有所涉，散文创作很少有丰富生动的反映。

但是作者在他这本书里，倾注了大量的感情，激活了少年时代的记忆，洋洋洒洒地写了十几万字，一路看下来，倒也不觉得疲累。为什么？作为一个对石库门生活同样有着怀恋之情的上海男人，从他的字里行间读到了对生活的深刻理解和珍惜。过往的生活，它在改革开放四十年的大背景下，庶几已成为一个哲学名词，但文化人有责任将其还原为生活现场。他就是怀着这样一个文化使命来写这本书的。过往的生活，对我们这一代人来说，正是计划经济时代，工农业生产屡受干扰，物资供应极度紧张，稻粱布帛、柴草煤炭，甚至自制家具所需的废旧木料，都是凭票或凭户口簿供应的，有时候还须托托关系、走走后门。这种锱铢必较的供应量只能维持人们最低的生活水平，但同时，革命的理想倒也一直能熊熊燃烧，一刻也没有熄灭。

当然，回到大杂院的生活真相，回到36户人家共用一个取水站，共用一个电表，共用一个公共厕所，尴尬地穿行在点点鸡粪和散落着白菜帮子的大杂院里，无论大人还是孩子，都会自觉不自觉地保持一种鲜活的姿态，那就是最大限度地保持历经风雨磨洗而残存的那么一点礼仪，保持做人的体面或者尊严。

一句话来说，所有对生活窘境的遮掩或修补，都是为了有别于动物的存在。

那么在今天，当国家走上了社会主义市场经济轨道，告别了票证时代和供应匮乏的局面，普通老百姓三日一小聚，五日一大餐，购物节或情人节在商场里疯狂刷卡刷到手软，柴米油盐酱醋茶这类必需品动动手指就能送上门来的消费环境里，怀想昔日大杂院里的种种不堪，还有什么必要吗？

当然，从大的方面说，这叫回望来路，看清楚自己是谁，是怎么走过来的。不忘初心，才能牢记使命，才能认清前路，哪怕前方再有什么坎坷、急流险滩、狂风暴雨，也心里敞亮了，无所畏惧了，只管撸起袖子加油干吧。唯有如此，吃过的苦才没有白吃，流过的泪也没有白流，挨过的打也没有白打。从小的方面说，可以铭记父母的养育之情，铭记兄弟姐妹同吃一口锅的胞泽之情，铭记一个小环境里左邻右舍对自己的那么一点好。通过还原这样一个局促的市民生态环境，也可以让下一代、再下一代感性地了解我们曾经的生活状态以及文化上的贫乏和精神的虚幻，倍加珍惜来之不易的现实世界，从而为更加美好的明天，脚踏实地学习、奋斗。

撰写这样的文本还有一个潜在的功能，就是能将一些不愉快的鸡零狗碎操作一团，扔掉。在心理学上这叫记忆减负。写下来，有时候就是为了忘记。

我想，这也是他写这本《梦醒大杂院》的初衷和想要表达的价值观。

还要跟读者说的是，作者在这本书里，充分展现了他的记忆力和表达能力。新闻传媒在某个时间节点上会刻意挖掘民间的"豆腐账"，以小见大地见证一个时代的变迁。但是"豆腐账"也有一个明显的缺陷：基本由数字串起来，流水账不能提供更具体的细节，所以有时候记者还得请当事人出面叙述一下。这本书就与"豆腐账"不同，他更详实、更具体、更生动、更可信地展现了当时的生活场景和市民心态，或者说是一种"大杂院文化"。

比如他写到大杂院里的居民对各自用水量的计较，从而催生了水牌的制作与管理。收水费每月一次，大杂院里的36户人家轮过来，每隔三年才轮到一次。这对作者而言，就经历了上门核查灯具、电器的数量和耗电量，然后再仔细计算出一个公约数的这项繁复的"大工程"。在串门子的过程还可以窥视一下别人家的境况，无意间也巩固了邻居之间的紧密关系。当然，社会底层的各种民族劣根性也有所暴露，比如占小便宜的习性到处都有，而在大杂院里表现得更加充分，当然也相当直率。有些人家偷偷地使用耗电量较大的电炉，有些人家在安装了小电表后还要从大电表上偷电。当时普通居民一般都使用白炽灯，瓦数高低决定了不同的耗电量，于是就有人故意低报自家灯泡的瓦数，暗中占大家便宜。这些事情放在今天不算什么，但在作者幼小的心灵里则留下了深刻的印象。

在写到《买粮》这一章节，也有让我印象深刻的细节。农民进城卖大米，为了多赚点小钱，就在米中掺沙子。后来农民为了省却买方回家拣石子的麻烦，干脆就将白沙子装在瓶子里，到交易时向买方出示，这半瓶沙子的重量也一起作价收费的。这一招也真见证了农民的狡猾和城里人的无奈，不过要是了解到农民自身吃不饱，只得将大米换成更多一点的杂粮，我们还有理由去谴责他们吗？

那个火红的年代，上海生产的轻工产品行销全国各地，拉开"中国制造"激动人心的序幕。作者的父亲每次到上海出差，总要带回大包小包的轻工产品，"的确凉"衬衫、塑料凉鞋、黑面白底的松紧鞋，等等，这些质量可靠的商品，让北方城市的居民认识了上海。再比如，因为作者一家是从南方北上的，在饮食习惯上与北方土著有很大区别，最明显的一点就是吃不惯面粉。所以写到家里吃面粉、做馒头的烦恼，我也是感同身受的。作者一家从粮店换来质量比较好的地瓜，也体现了上海人家的精打细算。至于以物易物的经历，在上世纪七十年代政治环境稍有松懈之际，在全国各地都会演绎吧。在上海，市民用每月剩余的粮票与郊区农民换鸡蛋、换大米、换蔬果，曾经是街头巷尾的一景。

还有大杂院里的儿童游戏种种，在大杂院里养鸡、办婚庆酒席等故事，上海的读者应该也不会陌生吧。

《梦醒大杂院》是一本有温度、有质感、有弹性、有巨大想象空间的书，作者以生动有趣的故事、跌宕起伏的情节、斑驳多彩的画面，展现了一幕幕人生悲喜剧。来自五湖四海的36户人家，每个家庭各不相同，加之北方人性格直爽，处事为人直来直去，人际关系处理起来比上海石库门复杂得多。所以大杂院的管理就带有鲜明的小区自治的雏型。这样的管理是比较考验市民智慧的，也需要引入契约精神，从而在无意中建立起居民之间的互信关系以及抱团取暖的友好精神。

时世艰难，捉襟见肘。种种"船到桥头自会直"的生活智慧，大抵拜生活所赐。在今天繁荣繁华的语境里，这份机巧与宽容，应该成为民族的财富。如何有尊严、有风度、有腔调、友好地、富有同情心、坚持助人为乐的精神与行动、免于冻馁与匮乏地活着，积极快乐地活着，如何与城市、与社区建立起适应互联网时代特征的互信关系，是我们应该思考并付诸行动的问题。

所以我认为《梦醒大杂院》是一份弥足珍贵的民间档案，将随着时间的推移发酵，散发出愈加浓郁的芳香。

在二十年前，因为工作关系，作者回到了他的故乡上海。生活了大半辈子的青岛，是他的第二故乡。他到底是上海人还是青岛人，估计连他自己也回答不出吧。所幸魔都的光怪陆离，并没有冲淡他对第二故乡的思念与牵挂，于是花了不到半年时间将在心底发酵已久的文字写下来，而且写得很精彩。

他是蘸着渤海湾的海水来写这本书的，有点咸，但很有味道。

沈嘉禄
2020 年 7 月 26 日

目 录

大杂院的故事 1——共用水龙头 1
大杂院的故事 2——共用的电度表 11
大杂院的故事 3——买粮 19
大杂院的故事 4——买煤 29
大杂院的故事 5——买菜 40
大杂院的故事 6——养鸡 48
大杂院的故事 7——做饭 55
大杂院的故事 8——絮棉 62
大杂院的故事 9——阁楼 69
大杂院的故事 10——共用厕所 77
大杂院的故事 11——乘凉 83
大杂院的故事 12——洗澡 92
大杂院的故事 13——加工活 101
大杂院的故事 14——书信 110
大杂院的故事 15——儿时游戏 120
大杂院的故事 16——结婚的事儿 129
大杂院的故事 17——看电影 137
大杂院的故事 18——周末的欢乐生活 144
后记 155

大杂院的故事 1 ——共用水龙头

　　一处大杂院，承载着几代人满满的回忆。

　　北方人称呼的"大杂院"，指的是二十世纪七八十年代之前城市里的居民楼，大杂院或多或少地带有中国传统建筑的痕迹，又或多或少地受到了一些外来建筑的影响。它最能代表近代北方城市文化的特征，也是近代北方历史的特有遗产。现在的北方城市里，有些还未来得及拆迁进行旧城改造的地方仍然存在着"大杂院"，其院子氛围依然如故，但已为数不多，这类区域，在上海大多叫做"弄堂"，在北京一般称之为"四合院"。现在新的居民楼群一律都叫成了"小区"，但"小区"这个称呼好像缺失了很多过去的有趣故事和邻里间相处的温暖味道。

　　回忆起"大杂院"，有很多有趣的故事和难以抹掉的记忆，那是一个时代的烙印，记录着城市里百姓曾经的日常生活，住过北方"大杂院"的人们，想必一定对此有着无穷的回味，毕竟那是留下了各种故事和记忆的一个特殊年代。

　　都说岁月如流水，那么，大杂院的故事，就从这平白无奇的"水"开始讲起吧。

　　居家过日子就离不开用水，人们在对日常生活内容的各种语言表达里，南方人，多将家庭里使用水的事称作"用水"；而北方人，在语言习惯上往往将家庭里的用水称作"吃水"，不知其由来，大概是我国的北方地区水资源特别短缺，人们用起水来都会比较节约，以喝水和煮饭为主，所以才被叫做"吃水"的吧，我始终没找到这种说法的出处。随着近年来国家"南水北调"工程的推进，北方人也开始将家庭用水称为"用水"了，看来，环境改变着人们的语言表达方式。

　　过去在"大杂院"里，一般只有一个全大院居民共用的水龙头，虽然也有几个水龙头的院落，但是极少。我家过去住的"大杂院"里，居住着三十多户人家，也是只有一个水龙头，在一进大院的门口处。从地下伸出来一根较粗的自来水管，接了个水龙头，地上放了一块大石板，接水时就把水桶放在这块大石板上。共用水龙头的开关最早是一个铁铸的老式螺旋阀门。大院里的住户每天使用这个水龙头接水的频率非常高，水龙阀门里的密封橡皮垫用不了多长时间就会损坏，一旦橡皮垫坏掉，水龙头就关不住，水哗哗地流淌着被浪费，大家只好钻到地下井里把总水闸关掉，水龙头卸下来去更换里面的密封橡皮垫，实在换不到或修不好也只能再换一只新的水龙头了。这时要停一段时间水，住户们只能暂时克服困难，用自家水缸里储存的水来暂渡难关，如果恰巧遇到家里水缸里的水也见了底，只好去邻居家借水，邻居家的水缸里也不见得有那么多的储存水，所以借水这事儿挺难为情的，是给邻居添麻烦的事。

　　院子里的居民们每天都会拎着马口铁做的水桶到大门口的共用水龙头那里去接水，大家拎桶放桶的声音会在大院里响起，这是那个年代每到傍晚就准时回响在大院里的一种特有的交响乐。满满的一桶水挺重，拎回家，倒入自家大水缸里储备。那年代，大院里的住户们家家必备一个陶制的水缸，小的一般能容下两三桶水，约60升左右；人口多的家庭水缸就比较大，需要时刻满足家庭里

有水喝、有水用。记得当时邻居有一个大户人家，人口多，家里有一口特大的半人高水缸，外观看上去大得像个很粗的炮楼，能装进十三桶水都溢不出来，那水缸的容量接近400多升，可见他家那水缸有多大，如果水见了底，这又大又深的水缸很难用普通水勺把水从里面舀出来。和现在城市里的年轻人说起过去家里的大水缸，多数人没见过，也没什么概念。随着时间的推移和时代的变化，人们的生活状态也在不断改变，过去北方地区居家过日子必备的大水缸已经不见了踪影，已经不能用现在的社会环境、居住条件去衡量和想象过去那个年代的事情。

记得我们大院里那个仅有的共用水龙头，最初的时候是不加锁的，自来水敞开供应，住户们无论什么时间都可以随时去接水，每到月底，自来水公司会把一张大院的水费单送来，三十六户人家无论每家人口多少，都以户为单位平均分摊水费，按户收缴后交到自来水公司就完事了。但后来随着生活水平的逐渐提高和人们生活质量的不断改善，住户们除了喝水煮饭之外，洗衣服之类的用水频率开始增加，用水量就逐渐增多，加上物价的上涨，自来水的单价略有提升，而且政府也开始号召起了节约用水，我们大院里的水龙头就开始加了锁，定点定时开放用水了。锁住水龙头的方法是用一个空的罐头盒上面钻两个孔，用一根比较粗的铁条串进去，然后加一把带锁鼻的那种锁来锁住，由每天来大院里打扫卫生的大爷来管理，定时开锁让居民们可以接水，但那时还没有用水量的限制。水龙头开放的时间定为了早上7点至8点，傍晚开放时间夏季和冬季有所不同，夏季是傍晚6点至8点，冬季日落得早，是5点至7点，反正就是早上一小时，傍晚俩小时。如果家里是双职工，两人都下班晚，那就只好早晨早早起来去接水，如果早上7点以前就要出门上班的话，那就比较麻烦，这接水的活儿可能就要交给家里不太大的孩子来做。自从共用水龙头规定了开放时间，家里水缸蓄水不够就会影响正常生活，所以水缸是一个家庭生活中的必备品之一。

我父母亲白天都工作，总是早出晚归，所以在我很小的时候，这接水的活儿就基本是我要干的家务活之一。记得我那时刚十岁出头，大铁皮水桶是拎不动的。父亲就去买了一个铝制的上大下小的锥形水桶（在北方也叫"米达罗"），一桶水大概也就十二三升，这桶虽然小点，但对我来说拎起一桶水来还是比较吃力的，勉强能拎到位于二楼的我家。往水缸里倒水是最吃力的活儿，常常因为一桶水太重而将水洒了一地，发了"水灾"，只能去擦地，就这样，我每天有了必做的家务事。大杂院里的接水不像农村里的挑水，我们是要么拎，要么家里兄弟多的会用一根粗竹杆两人前后抬，这水拎得多了、抬得多了，我的身高就比那些不拎水的同龄孩子矮了许多。不知跟这拎水有没有关系，爹妈说没有，我始终认为有，也跟他们快乐地争执了一辈子。

北方城市的居民家庭，在生活习惯上，没什么大量用水的内容，那时人们的家里没有淋浴洗澡条件，最多用个大木盆放点水匆匆洗个澡，也消耗不了太多的水。那时也没有洗衣机这东西（在中国城市里，洗衣机的普及是在上世纪八十年代初），洗衣服都是用手搓，家家有洗衣搓板，用肥皂来洗，洗衣粉都不多见，所以用水很少。懒惰是人性的特点之一，既然取水不容易，日常换洗的衣服和其他日用纺织品的洗涤频率自然没有现在那么高。

后来，随着用水量的逐渐增多，大院里家庭成员少的住户们对每月的平摊水费开始有了不满，每户人家人口数不一，人口少、"吃"水少的居民就觉得水费按户平摊不合理，吃了大亏。在当时人的消费观念里，往往并不只看东西的价格是否便宜，而是更注重自己是否占了便宜，若是觉得自己吃亏了可不行。某某家，那么多口人，吃水量是我们的好几倍，为什么平摊的水费也跟我们一样？人口多的那些家庭，他们"吃水"多的那部分由人口少、"吃水"少的家庭埋单，这凭什么呀，绝对不公平！这些不满反映到大杂院的组长那里（是大杂院里居民自己选出来的"业余领导"，叫组长，不叫院长，可能是怕跟医院的院长、大学的院长混淆吧），组长就召集每户人家派代表，晚上在院子里召开大会讨论"吃水费用问题"。最终，多数住户不同意眼下"大锅饭"式的水费平摊方式，建议用"吃水牌"的方法来解决眼下分摊方式的不公平，把原来的按户平均分摊改成根据每户的具体用水量来分摊费用的方式，也就是每次接水要给一个写有自家姓名的小牌牌，月底根据收到的全部水牌计算出每张水牌的单价，再乘以各家分别交了的水牌数，接了多少桶水就分摊多少费用，这方法倒是比较合理。用水牌"吃水"来计算水费，彻底改变了原来的"大锅饭"。

　　那时，水牌是要各家自己制作的，不像现在可以随时、统一印制名片之类那么方便，没有印刷便利条件，经济上也不太允许。组长规定了水牌大小的基本尺寸，大致在2厘米见方，由各家各户自己制作，这就带来了水牌的大小不一，各式各样，五花八门。各家首先要找那种能写上自家户主名字，又能循环使用多次也不致于很快揉烂的纸壳，有的人家是用纸质的火柴盒剪小做的，有的人家是用装鞋的盒子剪成一块儿一块儿做的，我家是用牙膏的外包装纸壳剪出来的，我至今没搞懂父亲怎么会存了那么多牙膏盒可以用来剪水牌。我家的水牌上写了我父亲的名字，这写姓名也有学问，不能只写一个姓，万一另有一家邻居同姓，人家也只写个姓，那在清点的时候就分不清究竟是谁家的，很容易混淆，所以各家各户也都写全了姓名，多数是户主的名字。那年代，户主的地位可高了，就像一家企业的法人代表，平时看似没用，一到有事需要以户为单位出头露面的时候，那就是一个十足的"法人代表"，代表一户人家的家长，很管用。也有住户因为各种原因不愿意透露户主全名，使用户主太太或孩子的姓名，这就带来清点水牌时的一些麻烦，写了那个姓名的水牌究竟是哪一家的，经常需要去邻居家打听，因为从没听说过他家太太和孩子的名字，这很正常。现在的人们可能会想到户主的姓名一旦透露后，定有房地产中介、银行打来骚扰电话，甚至被"人肉搜索"，但那时是没有网络的，百姓家里也没有电话，更谈不上手机这一说，不愿意写户主姓名的理由也只能往其他原因上去猜。不过人们也没那闲工夫去研究别人家的事，不用户主就不用户主吧，搞明白是哪一家、哪一户、哪个门也就足够了。

　　话说这吃水牌制度开始实施，去大院共用水龙头接水时，每接一桶水一定要往负责看管水龙头的大爷端着的盒子里扔一个水牌，有人不知

是故意还是真的健忘，经常不往那盒子里扔水牌，大爷一定会提醒你："还没给水牌呢。"大爷姓韩，工作特认真，收水牌基本一个不漏，韩大爷一只眼看不见，另一只眼也近视，常把水牌放到离这只近视的眼很近的地方来辨真伪，再看接水的人是不是这户的家里人。遇到他不认识的，或他看到水牌上的这户人家跟来接水的人对不上号时，一定会问："你是给哪家接的水？"以防造假水牌浑水摸鱼。在我的记忆中，那些接水人和水牌对不上号的人，多数是那些刚上门的"准女婿"，他们为了取得"准丈母娘"的认可，拼命地给家里接水，表现得特别出色。

韩大爷的敬业精神和工作态度使人敬佩，现在要找具备这种对工作极度负责的退休大爷不太容易。那年代传统的中国人没有特殊原因不会想到要换另一份工作，眼下手中的工作一定要做好，否则会被周围的人瞧不起，自尊心可能比现在的人强了许多。那个年代，人们做事都讲一个敬业，敬业就是一定要对得起自己的良心，是人们做事的一个底线。

每月初，韩大爷会把上月收到的所有水牌连同水费单一齐交给本月负责收水费的人家。为了公平，每月负责计算、收取水费的人家在大院里是轮流坐庄的，我们大院里共有三十六户人家，如果无特殊原因，每户都轮流收一个月水费的话，每户人家三年才能轮到一次，对每户人家来说，也不是什么太大的负担，只是有些住户家里只有老人家，又不识字，也不会计算，那就要跳过，大家也都能理解，不勉为其难，跳到的下一家也没什么怨言，邻里之间都明白事理。我总是盼着什么时候能轮到我家收水费，我觉得这活儿新鲜，总想能快一点轮到我家，孩子们对此充满好奇心，大概都有想干点大人事的心理吧。

终于轮到我们家收水费了。

韩大爷把上个月收到的所有水牌用一个塑料袋装着，连同自来水公司送来的水费单一起交给了我父亲，我就开始帮父亲做收水费的活儿了。首先要把全大院三十六户人家的水牌按姓名不同分出来，每户一堆，有点像玩拼图。大院里三十六户人家，一个月的水牌，就算每户每天只接了三桶水，3个水牌×30天×36户=3240个，更何况有些人家不止这三桶的吃水量，要把三千多个水牌分成三十六份，这活儿挺累，不过也挺热闹的，我和父亲一起分。一开始，是看着水牌上的姓名一个一个地分，很吃力，效率很低，慢慢熟练了，就按照水牌的大小或厚度的不同，找到大小相近的那一堆，直接扔过去，最后再确认那一堆里的姓名是否有不同的，因为各家的水牌大小也有些雷同，所以常常会一堆里出现了两三家不同的姓名，再仔细按姓名区分开。比较麻烦的是偶尔遇到假牌，所谓"假牌"，就是水牌上没有名字，只是一张空白的牌牌。不是说韩大爷看得很仔细吗，怎么会有假牌？要知道，有时天一黑，正常视力的人看那小水牌的字都很吃力，更何况韩大爷仅有一只视力不好的眼，哪能看得一个不漏？这不能怪他，是投假牌的人缺德，这小便宜也要占，是一种他家用水，别人家付费的不道德行为。一般情况下，出现没姓名的"白牌"，虽然很生气，但也只能扔掉，将这几张或者十几张扔掉的水牌费用分摊给大家。分好了各家水牌，我就帮父亲把各家姓名和水牌的张数写到本子上登记，父亲把总水费除以水牌总数，得出每张水牌的单价，再乘以每户的水牌数，得出每户的水费分别是多少，写到本子上，接下来是去挨家挨户收钱，同时把这些水牌退还给人家。

去收钱是我的活儿，手里拿着两个塑料袋，一个袋子里是用纸分别包好了的各家水牌，另一个袋子是用来装收到的钱。去收水费一般是等到邻居都在家的傍晚时分，挨家挨户去敲门收钱。那时，人与人之间相

互信任都不设防，去敲每家的门，只要这家人没睡觉，不问事由都会热情地给我开门，我就喊着人家大妈、大叔、大婶、大伯、大姐、大哥什么的，说轮到我家来收水费了。一般都比较顺利，但也有个别人家会要我拿记账本给他看，核对金额对不对，也有人用怀疑的眼神问我，这个月水费怎么这么贵啊，我家上月没"吃"那么多水啊。扔掉的那几张水牌都分摊了的事绝对不能说，我父亲告诉我，扔掉的水牌，原本各家分摊了没多少钱，说了反而会惹出不必要的麻烦。有时碰到给了我大钱的（那时人民币面值最大的是10元），零钱不够找，我就赶紧跑回家向父亲要零钱，再跑回去找给人家，不过多数是不见我找回的零钱，大钱也不给我，这叫"不见兔子不撒鹰"嘛。收钱有趣，去每家每户收钱，多数人家都会让我进到他们家里，过去的大杂院，住房基本是每家都挤在仅有的一间房里，你一进门就能看到他家房间的全部。从人性的角度分析，人们都有想窥探他人秘密的心理，我也不例外，去收钱时能看到这家、那家的家具和摆设，那年代贫富差别不大，孩子多的人家生活艰苦些，或者说是穷，孩子少的家庭富裕些。进门看到的每家风景都有所不同，坦白讲，这是我去收钱时的"坏心思"，也算是一种好奇心理。

说到当年大杂院的"吃水"故事，还有很多不得不提的有趣之事。

北方的冬天，气温经常降到零下，会结冰，早晨起来，地面上的水管和水龙头常常会被冻住，放不出水，这时就需要用热水浇到水管和水龙头上，让里面的冰融化才能出水。院子里有很多热心的人，一旦看到水龙头被冻住，会拿来热水壶，浇在水管和水龙头上，将冻住的水龙头解冻，但也不乏有一些小气人家，出门看到水龙头冻住，马上装做没事似的缩回了家，专等别人把水龙头解冻后，再出来接水。

因为开始实行了水牌的政策，为了每张水牌的接水量能够公平，韩大爷事先用一个标准的水桶接满水，这桶水的水量标准就是一张水牌，然后让每家把接水用的水桶拿来，将标准水桶的水倒进他家水桶里去测量，在水平线位置用红油漆画一道红色标准线，每户每次接水时不得超出这条红线，这就是标准，体现了一种公平。我见过把标准水桶里的水倒进他家的水桶后，红线只能画到水桶一半地方的那种特大桶，那水桶大小是标准桶的两倍。如果不画线，每次又接满水的话，岂不是每张水牌能接到的水要比别人家多了一倍，都跟现在商场里的"买一送一"差不多了。

有时遭遇水龙头坏掉，实在要接水的人们（家里的水缸完全没水了），就只能让韩大爷在水龙处看着桶，自己钻到离水龙头两三米远的地下井里去开关总闸来控制接水。韩大爷也很聪明，他知道地下井水闸即使关掉，因为有时间差，上面的水龙头还会继续出一定量的水，韩大爷会在水接近红线时就喊："好了！关闸。"但总有比韩大爷还要精明的人，会在韩大爷喊出"好了，关闸"之后，反问一句："什么？"韩大爷再喊："好了！关闸。"他才开始关闸，这关闸断水的时间差一定会让他的水桶能接近水溢出来，便宜也就赚了。不论在哪个年代和环境下，都会有处处想占便宜的人，看到这种现象也是有趣，也会从这接水的举动去推想他们的日常行为，不必惊讶，不必见怪，不必指责他，一切做好自己才是王道。

现在的城市里，绝大多数的住宅已经有自家独用的水龙头，水表也是一户一表，不存在计算分摊水费问题，多户人家共用水龙头的现象已基本不存在。只要你付得起水费，用多少是自家的事，也就没了过去共用水龙头的故事，这是因为城市设施建设的完

备，体现了社会的进步。希望社会不断进步是人类共同的追求，对于公共设施落后年代的情景，人们并不愿意去怀念，但落后年代的有趣故事，在一段时间里会留存于人们的记忆里，它是一个时代的标记，不必刻意忘却，记录下来，以便后代能了解前辈们当时的生活内容和生存状态。

这正是：一个水龙头，连着千万家；哗哗流水声，情润你我他。

大杂院的故事 2 ——共用的电度表

日常生活里,我们每天都要与电打交道,已经是完全离不开电了。可能很少有人想过假设哪一天突然没有了电,我们的生活环境和状态将会变成什么样子?一定会感觉像回到了原始社会,估计大街上卖煤油灯和蜡烛的店铺会大火特火。

将历史的时钟拨回到四五十年前。那时,电在我们日常生活中,照明是最主要和最普及的运用。直至1978年改革开放前,家用电器产品里的冰箱、洗衣机尚属极少数家庭才能拥有的稀有物件,电视机还未得到普及,虽然那时有了电子管和晶体管收音机,但人们在日常生活中对家用电器的理解和认识,基本仅仅停留在了电灯照明上。

上世纪六七十年代,在我年轻时候居住过的北方大杂院里,居民家庭里使用的照明基本都是由钨丝发光的白炽灯泡,有透明和磨砂玻璃两种。家庭里一般只是在房间里吸顶或垂吊安装一个电灯,如果有里、外两间房的家里会里外间各装一个,灯泡一般为15瓦,富裕一些的人家会装上一个25瓦~40瓦的灯泡,用60瓦灯泡来照明的人家很少。台灯很少有人家用,即使有,也只是拧一个15瓦的灯泡上去用作晚上看书,所以,家家户户的用电量都是比较少的。即便如此之少的用电量,在大杂院里也时常为了电费的问题闹出很多的故事,有的有趣,有的无聊。

那时,无论大杂院里住户多少,全大院只有一个共用的电度表(也叫电能表),电度表和电源总闸安装在一个木制的电盘上,它记录着全大院里住户的用电量，对于用电的事情，是生活中的热点之一，也引发了些许邻里间的不和谐和纠纷。

每个月月底，电业局的抄表员会来大院里抄电表，几天后送来全大院的总电费收缴单。总电费有了，就要向每家每户收取根据各家使用的电量而应缴纳的电费，那时的人们家里没有很多电器，用电的主要内容就是照明，各家使用的灯泡瓦数大小不一，那怎么来计算用电量和电费呢？一般都是先由大院组长带几个大院里的"骨干"，去每家每户询问和统计灯泡的瓦数，同时一定要询问一下除了照明灯，还有没有其他用电的东西，有些人家会说还有电子管收音机（也叫真空管收音机，北方土话又叫"电匣子""电戏"）、晶体管收音机（也叫"半导体收音机"）使用电池供电，所以不在登记使用交流电的范围内，一般都会说除此之外其他用电的东西没有了。其实，少数住户是有电熨斗的，但很多人都不报家里有这东西，这东西最微妙，偶尔使用，平时藏到橱柜里，防止被邻居看见；晚上用，邻居也不知；但串门来玩的孩子看到后回去会"叉拉老婆舌头"（北方土话，形容在他人背后说张家长李家短的事），那个谁、谁、谁家在用电熨斗，碰到不想惹事的家长也就一听了之，但也有些家长听孩子这么一说，会在收电费的时候，向组长告密、投诉，这就引起了很多"电熨斗事件"。但一般情况下，那些不被人知偶尔使用的电熨斗的电费最后会分摊到大院住户各家头上，不过好在那个年代用火炉子火烤的生铁熨斗还是占据多数，家用电熨斗相对来说比较稀罕。

上世纪六七十年代，从当时的收入水平来看，居民用电的电费算是比较低廉了，各个城市每度电的电费略微有些差异，当时一度电大约在0.16元~0.18元上下，我们来算笔账：一度电=1000W/H（1000瓦/小时）=1千瓦的电器用1小时（是指电阻性负载的电器），如果家里使用的是

25W 灯泡，假设每天开灯 5 小时，那么一个月用电量大约是 25W×5H×30 天=3.75 度，0.16 元/度~0.18 元/度×3.75 度=0.6 元~0.68 元，这就是每户每月大概的电费，即便使用 40W 灯泡，每月电费也就是 0.96 元/月~1.08 元/月左右。那年代，城市里一个工人的月工资收入大致为：二级工 36 元、三级工 43 元、四级工 53 元、五级工 62 元、六级工 73 元、七级工 84 元、八级工 96 元，企业的性质不同，工资标准稍有差异，国营企业略高，集体企业略低，那段时间取消了奖金制度。一个三十至四十岁左右的职工，一般级别为三级工至五级工，也就是每月的工资为 43 元~62 元左右的收入水平，国家干部、技术人员、教师等白领职业根据年龄，也大致跟工人工资相仿，稍微高点也有限。家庭电费开支 1 元不到，也就占收入的 1/40~1/60，应该是不贵。如果是双职工，都有收入，那就更觉得便宜了，但那年代没有其他家用电器，只是照明产生的电费。

以上说的是那年代国家规定的电费价格，电业局的抄表员抄写了全大院的用电度数后，根据国家规定电费单价再乘以大院的总用电度数，得出大院总电费。大院里收电费的活儿跟收水费差不多，各家轮流"执政"，根据抄表员送来的上月总电费除以上月使用总度数，得出每度电的价格，再根据各家报的灯泡瓦数来分别计算、收取相应金额的电费。但问题是，每月用这公式计算出来，分摊到每家每户后，往往就不是国家电费标准的一度电 0.16 元~0.18 元了，远远高于这个单价，每度电不向住户收个 0.3~0.5 元，根本补不上差额，组长就会拿这电费单去电业局询问，电业局的人经过核对后答复说电费总额是没有错的。那问题就来了，大院里一定有哪家住户在"偷电"，连续几个月的电费单价居高不下，住户们反映强烈，意见就大了，组长只好担任起了中纪委的角色，召集"骨干"开会，分析原因、研究问题所在的症结，猜测着几种"偷电"的可能性，说是要彻查"偷电"的事，给住户们一个明确的交待。

这"偷电"的事很难查，非常难，主要是碍于邻里间的面子。

所谓的"偷电"，不外乎就是各家报的用电瓦数跟实际用电量不一致，是有人多用了。那这多用了电的原因有很多：报的 25W 灯泡，实际使用的是 40W，甚至是 60W 或更大的灯泡，有时可能是 25W 的灯泡突然坏掉了，临时找了个 100W 的拧上；也有在夜间使用电炉子的，最小也是起步1000W，要知道1000W的电炉子，1小时就是1度电，多数可能是给刚出生的婴儿半夜起来热奶，家里半夜没有煤炉的炉火；还有那电熨斗，也是个瓦数特大的用电大户。

邻里之间，谁也不愿意为这事儿去每家每户质问和查询，这是比查"偷电"原因本身还要难百倍的事，但居高不下的电费，又不得不找个有效的解决办法。组长抓耳挠腮，找不出最佳的解决方法，只得召集全院住户代表在院子里开"大会"，说是我们大院里电费总是异常，"偷电"现象严重，希望大家自觉遵守提报的用电瓦数，"偷电"是可耻的等之类的话；也要求重新再登记一次各家的灯泡瓦数，换了大灯泡就要实话实说，既往不咎。"大会"也没什么具体的有效措施，以精神论为主。

我从小喜欢读些关于电的书，略懂一些电的知识，就给组长出了个主意：电表盘上有保险丝，这保险丝是保护电表防止过载用的，一旦用电超过了保险丝的电流安培数，就会自动熔断。我们知道，电器的瓦数（W）=电流（I）×电压（V），换个公式：瓦数（W）÷电压（V）=电流（I），那根据各家各户报的总瓦数÷220V=电流数，把保险丝的粗细换成比全大院用电电流略大一点点的保险丝，这样一旦有人使用大电流的电炉子，保险丝就会溶断，全院停电，给那些偷用电炉子和电熨斗的人家一些外加的舆论压力。

大院里经常会因各种原因突然停电，多数是保险丝熔断。大院里懂电的人不多，我算一个，一旦出现停电，我总会很快跑去电盘那里察看保险丝，断了，就赶紧给换上一根新的。但我这"勤快"，渐渐地就引出了一些流言蜚语：小应家偷电的可能性最大，你看一遇到停电，他跑去修理得最勤快。我是觉得这整个大院里断了电，家家户户黑灯瞎火地点个蜡烛多难受，就学了雷锋而已。年轻人这黑锅背的，冤枉得像窦娥，懂点电，不是罪过啊。

大院里电费单价始终居高不下，一到收电费的日子，住户们就有了各种不满，出现了各种义愤填膺的故事。人人都说是别人家在偷电，自己家没偷电，是清白的，那这电到底是谁家多用了，也就变成了一个无头公案，最终也没能查出个究竟。这有点像四个人在家里打麻将，最后，四个人都说是自己输了，那只能认为这场麻将是麻将桌赢了。住户们为这居高不下的电费也是愁白了头，始终消散不了心头的不愉快。

到了七十年代末、八十年代初，总算有了解决这大院里说不清道不明的电费的方法了，各家开始自己装电度表，这表只计自家的用电度数，按用电度数×电费单价交电费就可以了，大院里总表的电费除去了自家的电费之后，剩下的按老办法各家分摊吧。

人们在日常生活中是很喜欢跟风的，一家装了电度表，大家很快就会去效仿，家家户户开始安装自家的独立电度表，一时间，市场上电度表紧俏，常常出现销售断货，如果没个"交电站门市部"（国营的供应交流电设备的商店）的朋友还真买不到家用电度表。一段时间里，"交电站门市部"的销售人员是全中国最吃香的人物，人气旺得很，说话口气都像大领导。电度表一旦买到手，要往墙上固定、拉线装电盘，这活儿对懂电的人不难，但不懂电的人就不得不找人帮忙安装，那在家庭里算个不小的家装工程。过去有句口号，叫做"有条件要上，没有条件创造条件也要上"，装电度表难不倒百姓的家家户户，托人买到电表完成了工程一半，托人装了电表又是一半，早装好早解决长年积累的心头之事。

装电度表要托电工或是懂电的人，我那时已经在工厂里做了电工，很多同事和朋友托我帮他们家里安装电度表，现在回想起来，好像从没拒绝过请我帮忙的人，给人家里安装过几十个电度表。那时没有冲击钻这种便利工具，往墙上固定电盘要手工凿墙、打木楔子，这算是个体力活儿，进而布线安装是个技术活儿，家电度表安装完后，都会被特别感谢。看到装完电度表后，主人家的那种兴奋劲儿，那种再也不用为电费的分摊不合理而发愁的愉悦表情，我也会有莫大的成就感，这是一种可以通过你的体力和技术给朋友带来快乐的事情。电盘通电后，朋友家的电度表开始转起来，我也觉得自己一时"高大"了许多。给同事和朋友家里安装电度表，从没收过钱，想收人家也不给；饭倒是吃过，还加了小酒，觥筹交错杯中酒，就成了更上一层楼的同事和朋友。感慨那个年代朋友之间做事不计回报的社会环境和氛围。

渐渐地，全大院里的住户几乎都安装了属于自家的电度表，多数把电表装在了自己家里，也有的装在了门外走廊的墙壁上。这时，大院里只剩下了两户老人家没有安装自家的电度表，按理说，这高额电费的烦恼应该从此消失，但奇怪的事情又出来了，安装了电度表的各家，把用电度数乘以国家规定的单价得出的金额交费后，剩下的两户没有安装电度表的电费还是奇高，这两户老人家对电费的高额负担义愤填膺，又找到了大院的组长倾诉不满。组长来找我，"小应啊，你说这几乎每家都安装了自家的电度表，总表的金额减去三十四户有电度表用电度数该交的电费，剩下的这两家不应该如此之高啊，能帮忙分析一下原因吗？"我一听这话就大概明白了组长的意思。我说："组长大人啊，这两户老人家的电费高，不外乎两个原因，要么是这两户人家本身用的电就是多了，要么是安装了自家电表的住户有人在偷电，这安装了电度表人家偷电的可能性较大。"大杂院里的组长真难当，要解决那无穷无尽的邻里纠纷和琐碎杂事，他们肩负的工作内容是现在小区里的业委会加物业，一个组长把这两种活儿全干了，但对于很多邻里纠纷，他们解决得可能比现在小区的物业好得多。

自家电度表"偷电"怎么"偷"？这事儿不难，只要把电器的电源线接在电度表的进线输入端就能不通过自家电表用电；也可以找一块大磁铁，放在电度表转盘处，通过磁铁释放的磁场反作用，电度表转盘像是有了汽车的刹车功能，转的速度就会慢很多；还可以把输入和输出端的电线反接，电度表会反转，当然还有其他很多办法，反正这些都是自家电度表"偷电"可以钻的空子。大家千万别学会

了这些歪门邪道来动歪脑筋，现在小区里电业局给安装的各家电度表，已经作了彻底的改进，交变磁涡流带动吕转盘的结构已经加了防干扰装置，即便放一块儿很大的磁铁它也不会刹车，电度表也做成了封闭型，用我说的那些办法想偷点电，门儿都没有。

组长明白了这自家电表可以"偷电"的原理，就想出了把各家所有电度表都贴上了封条的做法。组长带着大院里的"骨干"挨家挨户给电度表上贴封条，封条纸上盖有组长姓名的图章，让你不能随意动那电度表上的接线端子，电度表旁边的保险丝盒也贴，以防从此处接线，如果谁家因故要动电度表，需要提前告知组长，动完后，由组长重新再贴封条封住。大杂院里的组长对大院里的琐事也真是煞费了苦心，虽然大小问题不断出现，但措施也是一个接一个，只求得一个公平，只求得一个住户们的生活安宁，我们不能忘记过去大杂院里做过组长的人，他们是那个年代真正为百姓服务的公仆，为人民服务的楷模。

用钨丝做的灯泡，其发光效率是不高的，它的一部分电能转化成了热能，我们摸着灯泡会觉得发烫，这部分变热的能量是被浪费掉的。在一间屋子里，要想让屋子里很明亮，那就要用比较大瓦数的灯泡，用大瓦数灯泡电费会增加，自从各家装了电度表，用多用少，都得自己掏钱，这是一对矛盾。那年代还没有"土豪"，人们对电的使用还是拥有着"节约用电"意识。跟普及了各家装独立电度表年代相近，记得那是七十年代初，很多人开始把家里的灯泡照明换成了日光灯照明。最初装了日光灯的人家，有些赶了潮流时髦的自豪感，邻居也有人跑来看这新型的照明灯具。人们都觉得日光灯比同瓦数的灯泡亮许多，所以，一开始把家里灯泡照明换成了8瓦日光灯的较多，后来逐渐改成了15瓦、20瓦的日光灯，乃至再后来加大到了40瓦，日光灯管40瓦到头，想要再明亮，就得一个房间里装两支灯管。现在有了更节能更明亮的LED日光灯，科技的发展速度超出了人们的想象。

进入了二十一世纪，很少有人再去讨论共用电度表和分摊电费不公的这个话题，对于过去那个年代的特有生活环境和生活状态，人们也已经逐渐淡忘。在城市里生活的家庭，使用由电来驱动的电器和电子产品已经增加了无数，电视机、音响、电冰箱、空调、洗衣机、微波炉、电暖炉、吸尘器、电水壶（瓶）、电饭煲、电熨斗、电热水器、电烤箱等电器产品已经普及，很少有人会因为顾忌电费问题而暂时不去购买想要的家用电器了。但我们经历了过去对电和电费的既有趣又困惑的年代，这也从侧面反映了那个年代人们的生活环境和生活状态，是一种抹不去的记忆。

随着社会的发展、科技的进步，人们日常生活中拥有的已不光是一般家用的电器产品，电脑、手机、电子玩具等及其延伸产品的诞生，使人们享用着电和电子技术带来的丰富生活内容，享用着电和电子技术衍生产品带来的各种社会文明和生活文明，人们对此已经习以为常。

电的发现，仅仅两百年的历史，我们生活在了人类历史上科技发展速度最快、科技发展带来的生活幸福指数最高的年代，仅此，我们就应该庆幸自己出生的时代。

这正是：电流走无痕，亮光驱暗昏；表盘本无言，指针探人心。

大杂院的故事 3 ——买粮

手里有粮，心里不慌。缺了粮，不仅心里慌，胃里更慌。

民以食为天，食以安为先。食物是人类赖以生存的必需品，在过去很长一段时间里，中国人说的"食"，特指的就是粮食。其实，一旦"食"成了"天"，"安"就谈不上了，好在过去"以食为天"的时代，"安"没有那么多问题。改革开放经过了几十年，中国人的吃饭问题终于得到了解决，而且是较为稳定地解决了。如今的人们很少再去想粮食是否够吃的问题，特别是在城市里，"温饱"已经不是一个需要特别关心的问题了。

上世纪五十年代初至七十年代末，无论在城市还是农村，全民的温饱问题是没有得到解决的，特别是在一九五九年至一九六一年期间的"三年困难时期"，粮食和副食品极度匮乏，人们每天最期盼的事情就是能吃上一顿饱饭，不期待质量好，只期待能吃饱，但现实情况是那三年间，能吃饱饭的人只是极少数。自一九六二年开始，城市里的粮食供应紧张局面开始逐渐有所缓解，但还是有计划地限量供应，供应的粮食数量针对每个人都有国家规定的标准，还达不到可以敞开吃饱的程度。供应的粮食数量不够吃，就要去买"议价粮"，这种"议价粮"，顾名思义，就是其价格不按国家规定的价格执行，可以商议价格，自然就比较贵了，很多家庭因为收入过少而买不起"议价粮"。那时的副食品很少，人们的胃口自然也就特别大，年轻人在长身体的阶段尤其明显。平时吃个半饱，到了节假日，家里包了水饺之类，一年一次的敞开吃，年轻人吃起来就玩命了。毛泽东同志在粮食极其匮乏的年代提出："忙时吃干，闲时喝稀，平时半干半稀。"我在大杂院里，亲眼见过一个邻居小伙子，过年家里吃水饺，二十个一盘的饺子，他吃了足足五盘，一百个饺子把肚子撑出了问题，涨得在地上直打滚，最后送进了医院。可见长期的食不饱肚一旦可以敞开吃，给人带来的无节制的食欲是多么可怕。

自一九四九年中华人民共和国成立后，城市里设立了专门销售粮食产品的"粮店"（大致是南方叫"米店"，北方叫"粮店"），政府根据每家每户的户口簿，以户为单位发了一本"粮证"，全称叫"粮食供应证"。户口簿上有几人，"粮证"上就写着几人，户口簿是发放"粮证"的原始依据。"粮证"上，每个家庭成员的名字后面都标注着计划供应的粮食是多少斤，儿童从每月十斤粮食开始，随着年龄的增长，供应数量标准逐年提高；一个中学生的每月供应粮大约是二十八斤；国家干部、技术人员、教师、医生的每月供应粮大约是三十四斤，工人每月供应粮是三十六斤，最高可达四十五斤。其法律依据是体力劳动者身体消耗大，需要吃得多些，劳动强度不同，供给粮食数量不同。企业里的重体力劳动，最高标准是四十五斤，那什么样的工种属于重体力劳动呢？在工厂里，一般是指从事各种重体力劳动的工种，比如搬运工、锻工、翻砂工；在建筑公司里，是指建筑工。其他的类似车工、钳工、电工、电气焊工等工种都不算作是重体力劳动，享受不到四十五斤的粮食供应，最多也就是三十八斤。政府或企业里的干部如果下车间去劳动，月底会给他们补粮食差，单位开证明，去粮店办手续，在你的名字后面用钢笔给你添加补差的几斤粮食。不同城市粮食供应的标准有所不同。很长一段时间里，除了"粮证"供应的粮食之外，你将无处去购买额外粮食。当然也可以去城乡结合部的集贸市场或农村赶集买粮食，但那些地方出售的粮食相当于议价粮，价格是比较贵的，单靠工资收入去买那些粮食不现实。

过去的大杂院，买粮是日常生活里一件很重要的家务事，家家都有过或多或少的买粮故事。

在北方地区，所谓的"粮店"，顾名思义，就是卖粮食的商店，早年的粮店里，只卖生的粮食原料，不算是原料级别的只有挂面。改革开放后，国家允许搞活经济、多种经营了，粮店就开始卖起加工熟了的馒头、火烧、包子、饺子，不过那是要到九十年代后期的事了。过去的粮店入口，一般只有一个不太宽的木门进出，有窗，但没有橱窗，门口会挂一块儿不大的木牌，上面写着某某路粮店，为何要写个某某路粮店？因为当时的粮店是分区按路段设立的，居民们都是就近买粮，很少有人舍近求远去购买，也没那个必要，因为当时供应的粮食都是国家计划经济下的统购统配粮，粮食品种基本一样，人们买粮就近不就远，跟现在开着车去超市购物（或是买粮食）不是一回事儿。过去的粮店，只要在同一个城市里，各家经营的品种一样，没有品种特色之说，几乎所有的粮店都是同一张"脸"。粮店里一般都放了一排大约四五个朝里开口的组合起来的木箱子，就是卖粮的货柜，往木箱子里倒粮食和从里面舀粮食出来，买粮食的顾客是不能进到柜台里面去的，墙上贴着"闲人禁止入内"。木箱子和木箱子之间会放一座台秤，能秤五十斤以下的粮食，如果你买的一个品种粮食有百八十斤，这秤就不够用了，后面会有个大的落地磅。台秤称粮食叫"过秤"，用地磅秤粮叫"过地磅"。

一般的粮店没有单独的仓库来存放大量粮食，少量的储备粮大都是存放在柜台里面靠墙那里，面粉用的是标准的五十斤布袋装，两头用线缝好，拆袋要先拆线；大米和其他豆类多数

是用麻袋装，根据粮食的比重，每袋一百斤左右不等。粮店里卖粮的工作是个体力活，面粉袋或麻袋拆线往木箱子里倒，女职工没那个能耐，搬不动；偶尔有，也是比较有力气的"女汉子"才行。所以，粮店里的职工是按一定的男女比例搭配的，由国家分配。

　　盛粮食的木箱外侧与墙之间形成一个走道，买粮的人在这里排队，走廊的尽头会有一个小窗口，这是买粮、记粮证和付钱的地方。在我的记忆里，一家粮店记粮证和收钱的窗口只有一个，绝不会出现有两个记证付钱窗口的粮店。那个窗口一般都很小，不把头贴近窗口便看不到里面的人，体现了俗话说的"只闻其声，不见其人"，把粮证用手送进去，里面的人就会接过粮证，态度生硬地问你买什么。买粮的窗口常常会出现这样一种情况：我说要买三十斤面粉，里面的人看了看粮证说，你粮证上可买的面粉数量不够三十斤，只有十几斤了，啪，这粮证就给你扔了出来，仔细一看，奥，是不够了，那就把这个月剩下的面粉全都买出来吧，而不说那就买十几斤吧，意思是你看着办。人们在公共场合里各种不同的语言表达方式往往都是被逼出来的，先开口者的礼貌语言很重要，人与人之间的交流，是好还是坏，是顺畅还是别扭，会随着双方语言交流的内容和语言环境而互相牵制和互相感染。

　　粮店供应的粮食类别里，分细粮和粗粮，在按规定供应的一个人每月三十几斤粮食里，细粮和粗粮有一定比例，买粗粮可以计入细粮指标里，但买细粮绝不可以计入粗粮里。在北方地区，细粮主要是指面粉（面粉有白面粉和黑面粉，白面粉是细粮，黑面粉是粗粮，把它定为粗粮，是因为黑面粉是带了麦麸一起磨成的面粉，做出来的馒头又黑又硬），粗粮主要是：大米（大米，在北方多被定为粗粮，但只占供应粮的百分之十到二十之少）、玉米面（将玉米磨成了粉）、小米、高粱、大豆、绿豆、红豆、地瓜干等。南方人常常会混淆北方的"地瓜干"和"地瓜枣"，根据名称难以区别，下面普及一下这两样东西的不同。地瓜，学名：番薯，也叫红薯、白薯。"地瓜干"是生地瓜切片（厚薄在5mm左右），晒干后可以长期储备的粮食，要吃的时候，可以煮着吃（难以下咽），也可以磨成粉，做地瓜面馒头（窝窝头）、或用来摊煎饼；而"地瓜枣"是煮熟后晾干的东西，北方有些地区会把晾得半干的"地瓜枣"放进地窖，大约1~2

个月后取出，表面会结一层白霜，发甜，"地瓜枣"有韧性，是很好的零食。这样就大致可以区分了："地瓜干"属于粮食类，可当主食吃，而"地瓜枣"是休闲食品，当副食、零食吃，不当饭，当主食吃也行，那强劲的韧性，吃多了能把你吃得下巴颏脱臼。

　　我父母都是南方人，他们从小到大吃的主食是大米，对于面食，可以吃，但不会自己做，用发面引子发面来做馒头更是复杂的事，常常会发成死面馒头，就只能买大米回来做米饭。但是粮证上没有那么多大米供应，他们就将毛泽东同志的教导"世上无难事，只要肯登攀"活学活用，拿面粉去跟邻居家换大米。邻居有孩子多家口多的，孩子正在长身体的阶段，那点定量供应的粮食实在不够吃，需要去买"议价粮"，这就可以以物换物，我们家用一斤半面粉跟邻居家换一斤大米，各取所需，南方人胃口小，一斤半换一斤，靠供应的粮食标准也基本够了，这才使得我们家没断了大米。那年代，南方人在以面食为主的北方生活，吃的方面，其辛苦是不言而喻的。后来，因为很多在北方生活的南方人有这种需求，农村那些种大米的农民，就有人拿着大米到城市里来，用大米换多一点的面粉回去，以补贴自家粮食的不足。后来，城市里用一斤半面粉换一斤大米的交易也不一定都是南方人干，因为那些进城来的农民带来的大米要比城市的粮店里供应的大米质量好得多，所以在后期，城市里的北方人家庭，只要是供应的粮食足够吃的人家，也跟进城来的农民换那些好吃的大米，当年"换大米来！"的叫喊声经常响彻了整条街道和各个大杂院，那"来"字拖了很长的音。但是，有买卖的地方就有不靠谱的事情发生，进城换大米的农民，知道人们做米饭前都会去淘米，也就是洗干净大米并淘掉米里面偶尔有的几粒沙子，换大米的人为了压秤，就把大米里掺了些比大米重的沙子。掺的黑沙子好办，跟大米有颜色反差，看得出。最麻烦的是掺了白沙子，大米换回家后，一旦遇到这情况，叫苦不迭，砂子咯掉了牙，投诉无门。后来，有些来换大米的农民，索性用啤酒瓶装了半瓶沙子，你跟他换大米时，他就告诉你他大米里没掺沙子，但你得把这半瓶沙子算重量，虽然诚实了，但也讹诈了你，两厢情愿也就算不了欺骗，一个愿打一个愿挨，这交易也就成了。

　　说买粮事，扯到了换大米，远了，魂兮归来。

去"粮店"买粮，要自己准备装粮食的布袋子，多大的袋子呢，要能装下二十至三十斤粮食，那个年代环保得很，买粮的布袋子反复利用。买粮时，一般都不会只买一种，往往是手里拿了四、五个布袋，大一点的装面粉，小一点的装其他杂粮，比如大米、小米、大豆、绿豆、玉米粉什么的，面粉是主粮，家里多备，杂粮（粗粮）则少备，以防在自己家里长时间储存而招虫。我看到过家庭成员多的人家，买面粉一般都是直接扛"原装"的五十斤一袋的，那种在面粉厂加工后装袋的面粉，"原装"的分量很准，够秤。但这"原装"的一袋面粉买回来后，要把面粉倒进自己家的面缸里，然后把面粉袋送回粮店，因为你家的"粮证"押在那里呢，这叫卖面粉不送面粉袋，给钱面粉袋也不卖给你，要回收后送去面粉厂循环再利用，所以必须把面粉袋送回粮店，取回自家的"粮证"。扣押"粮证"这招真绝，没人拿了面粉袋而不要"粮证"了，确实是手里只要握住了抵押物什么也不怕。

大杂院的人们去粮店买粮，如果买得多的话，会拖一个用轴承做四个轮子的小拖车，北方地区叫"钢铃车"，是因为把轴承叫做"钢铃"，前面用一根绳子拖着走，那四个轴承在马路上一滚也就发出了很大的声响，经常会听到马路上拖"钢铃车"的响声，像是城市里的一首特别变奏曲，这曲子里也就承载了当年人们生活的种种内容和故事。我家没有这种"钢铃车"，父亲总是用自行车把买的粮食驮回家，我羡慕邻居家有那样的"钢铃车"，那"钢铃车"是万能的，什么都能驮，手拖着"钢铃车"替代了人工的搬运，大大减轻了体力劳动。现在快递员也用四个尼龙轮子做的手推车，但缺乏了那个年代"钢铃车"的特有声音和乐趣。

说到那年代买粮，不得不提每年冬天粮店卖地瓜的事。

地瓜，在北方地区是夏季播种、秋冬季收获的农作物。现在的城市里，一年四季都有了地瓜卖，超市里有生地瓜，便利店里有烤地瓜，这是冷藏保鲜技术进步为人们带来的福利，人们也就渐渐地忘却了地瓜真正的收获季节。

各个城市里的粮食局统购统配，到了每年的十月末，地瓜就会收获并上市。粮店里开始卖地瓜，像每年一度的卖粮节日，每个粮店都会分配到用麻袋装好的几十吨地瓜，每个麻袋里装了130斤，粮店屋里放不下这么多用麻袋装的地瓜，都是堆在马路上卖。一部分居民们会从粮店的熟人那里早早得到"小道消息"，告知今天下午会来地瓜，人们就赶了去排队，没有规定专门放地瓜的场地，也就大概知道会卸在这粮店附近的大马路上，大家就暂且先排在了"粮店"的大门口。等车一来，真正卸地瓜的地方不在粮店门口，排队的人们就马上一哄而起冲向卸了第一麻袋地瓜的地方，排好的队伍瞬间就散了，原来排在后面的人，可能就变成了排在前面的人。一车地瓜卸完，粮店的人就煞有介事地出来准备卖地瓜的工作，但到了这里一看，排队的队伍很"粗"，也望不到队尾，哪里是排队，完全像是集会游行的人群，这地瓜还没开始卖，人群就已经你挤我、我推你了，混乱不堪。

那时我还小，当我拿着"粮证"去那拥挤不堪的像战场一样的地方买地瓜时总是挤不进去，屡屡受挫，在周围呆了两三个小时都没能买上半只地瓜，又急又沮丧。我们大院里有个孩子王，叫大刚（那年代叫大刚的人多，马路上你随便喊一声"大刚"，估计会有十几个人回头），他长得高大、壮实，敢挤敢冲，从混乱的人群里冲进去能买到地瓜是他的拿手活儿，大刚总能先买到别人会投来羡慕眼光的"早期货"，我挤不进这混乱的队伍，只能在外围干等，有些可怜。大院里，我跟大刚关系不错，当看到大刚挤在了队伍前面（其实根本不是什么正常的队伍），我就拼命地喊他，把我手里的"粮证"和钱一股脑地塞过去，让他帮我们家也买一麻袋。记忆中大刚帮我家买过好多次地瓜，我很感激他，现在跟他说起当年买地瓜的事，也是多有感慨，虽然现在的社会发展了，时代进步了，环境改变了，但我们对那个年代关于地瓜的有趣记忆一直挥之不去。

到了七十年代后期，不知什么原因，我父亲跟粮店里的人有了很要好的关系，到了每年买地瓜的十月末，粮店的人会主动来问我父亲，过几天来了地瓜你要买多少，不用来抢购，事先给你留出来，方便的时候过来拿就行了。后

来我慢慢知道了原因，是我父亲常常去上海出差，会利用出差的机会"假公济私"，购买一些那个年代代表着中国最好质量和款式的衣服和日用品。计划经济的年代，上海的工业基础好，生产的在全国范围内属一流的产品多之又多，全国各地的人们向往着上海产品，对上海产品的印象是无论产品质量和款式都是全中国最顶尖的。你吃的、用的、穿的是上海产品，周围的人就会向你投出一种羡慕的眼光，能得到上海产的东西是人们的一种很大的奢望。我父亲出差去上海前，会告诉粮店的熟人，他们就托我父亲去上海时帮他们买些东西，多是做衣服用的布料、白边塑料底布鞋、"的确凉"衬衣、塑料凉鞋、毛线之类的东西（"的确凉"是一种掺了些化纤的布料，穿起来比棉布的凉快儿，所以起了个挺实际的名字叫"的确凉"，以前穿过"的确凉"衣服的人们，都应该有很深的记忆，那是影响了一代人的时装布料，回味无穷）。父亲热心肠，每当出差上海，大院里邻居、公司里同事、朋友们和粮店里的熟人都托他带上海产品，每次从上海回来，旅行袋大包小包，最后把包掏空了，属于我们自家购买的东西竟然少之又少，这也是母亲总是埋怨他的原因之一。自从给粮店里的熟人带来了上海货，父亲再去买粮，特别是买地瓜时，哪还用排什么队，人家会留出最好的地瓜等你来拿，俗称"走后门"。这种生活上的你帮我、我帮你，就是中国社会的一种人情关系，大家虽是在相互帮忙，其实也是一种交易。现在看来不太可取，但很有中国特色，反映了中国人人情关系的一个侧面，它不会因为你的不喜欢而改变。几十年、几百年、甚至几千年，中国人就是在这样一种意识形态和思维模式下生存的，不必去否定这种人情关系往来的本身，存在就有它的道理。这是很多外国人不能理解的事情。

过去用"粮证"除了购买日常所需的粮食，还有一种功能就是从"粮证"的粮食定量里把没购买粮食的部分，也就是剩下的粮食指标里提取粮票。日常生活中，粮票处处都需要使用，去饭店里吃饭时，主食需要用粮票才能购买，如果没有粮票，不是不可以购买，饭店里会给你变通，但要加钱，也就是"议价价格"，那是比较贵的，所以粮票不可缺；在食品店里购买各种糕点，多数也需要粮票，而且往往不可"议价"，必须要使用粮票和钱这两样；有时出门在外，人们的钱夹子里，一定放着粮票，手中一旦没有粮票，将会寸步难行。当时。粮票一般分本省粮票（普通粮票）和全国粮票，你拿着本省粮票，去了外省就不可以使用，废纸一张没人收，不得不使用全国粮票。全国粮票很值钱，全中国通用，因为用"粮证"提取全国粮票，有一定数量限制，占用的粮食数量也要比本省粮票大些，这就使全国粮票在当时成了稀有票证。

到了八十年代中后期，城市里的"自由市场"开始兴起，很多粮食产品在"自由市场"里也渐渐地不需要粮票了，人们手里的粮票开始多起来，有了结余。但农民们很难搞到粮票，他们离家外出还是离不开粮票，就有了一定的供需关系，农民需要粮票，城市里的人有多余的粮票，这就有了交易。最典型的例子就是：农民拿了鸡蛋去"自由市场"里卖，可以收钱，也可以按当时的市场行情用粮票折算成人民币支付，这就有了所谓的用粮票换鸡蛋，家庭主妇常常会跟家里说的一句话是：我去换点鸡蛋。现在五六十岁以上的人，估计人人都去换过鸡蛋。换鸡蛋时，全国粮票比本省粮票可以换得多些，可见全国粮票的价值。我记忆中，还曾拿了十斤全国粮票去"自由市场"换过一件"的确凉"衬衫，现在说来，那是个不可思议的以"票证为王"的年代。

国家正式取消粮票是在

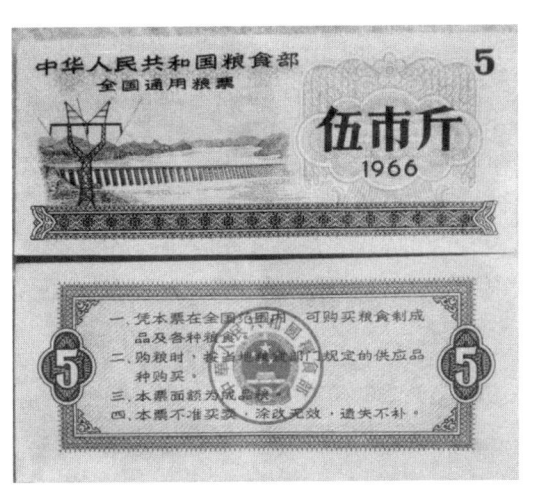

1966年发行的全国粮票

一九九三年，这样想来，中国计划经济时代的结束其实也仅仅过去了不到三十年，人们对计划经济时代的很多特有现象已经彻底忘却了，当时很多社会普遍存在的生活环境已经不见了踪影。改革开放四十年间，后期的二十年更是有了惊人变化的迅猛发展时期，这种变化的巨大、发展的快速，会不会也是造成当今人们浮躁心理的一种催化剂？不得而知，但这种因素一定会有，我们是不是要回头看一看，等一等落到了自己身后的灵魂？

　　这正是：民以食为天，五谷连三餐；买粮心酸事，忆苦为思甜。

大杂院的故事 4 ——买煤

百姓开门七件事,柴米油盐酱醋茶。"柴"放第一位,不是没有道理的。

在上一篇里我写了买粮,这粮食买回来,那就需要烧火把它做熟。中国文化属于农耕文化,农耕文化里有一个标志性特点就是食物要煮熟或煎烤熟了再吃。中国人很少吃生食,需要把食物煮熟,就得用火来煮饭炒菜。当然,现在随着科技的发展和进步,已经完全可以用天然气和电来做能源将食物加工变熟,但这也不过是在几十年前才研究出的新科技,退回到五十年前,人们烧火做饭只能用煤来做燃料,用煤炉来加工食物。当然也包括用煤来发电和取暖,离开了煤,人们将无法有质量地生活。

往日如烟,几十年过去,凭证买煤、靠烧煤取暖做饭已成了难忘的回忆。

在北方大杂院里,过去家家户户都要用烧煤的火炉做饭。在冬季,做饭和取暖两种功能兼顾;到了夏季,不需要火炉的取暖功能,但做饭还是必须用火炉的。有些人家就会在夏天将屋里的

火炉拆掉，搬到走廊里去，因为夏天在房间里生炉做饭会热得受不了。没有条件把火炉搬到走廊里去的家庭，会在屋里把火炉换成个煤球炉或蜂窝煤炉（在南方，把蜂窝煤炉子也叫做煤饼炉），那种炉子向外散发出的热量要少很多，只供做饭用。在北方，也有很多的家庭，将农村烧火做饭的方式带进了城市，走道里砌了个用风箱鼓风烧火的炉灶，炉灶上嵌了只很大的生铁锅，用此来做饭。拉风箱的炉灶做出来的饭好吃，是炉灶火力足的功劳。五六十年代之前出生的很多人在孩提时代都拉过风箱，那时最怕的事情就是在大院里和小伙伴们正玩得开心，爹妈朝大院里正在玩耍的自家孩子喊了一句："回家拉风箱，要蒸馒头了。"这是儿时比较"痛苦"事情的记忆之一，女孩子们也不例外。

上世纪中叶至八十年代，城市家庭里，无论是做饭还是取暖，家家都要去煤店买煤，那是生火做饭和取暖的唯一能源，那年代，电暖器和航空油取暖炉几乎是没有的。有些城市虽然在七十年代末用上了煤气罐（北京、天津、上海最早开始使用），但毕竟是少数，代表不了那个时代的多数家庭生活和取暖的普遍方式，我们暂且忽略不谈。

自一九四九年新中国成立后，政府在冬季取暖这个关系到民生大事的问题上，以长江为界划分了"北方"和"南方"，长江以北叫"北方"，长江以南叫"南方"。可以换一种说法，长江以北是"冷的"，长江以南是"不冷的"，这是国家对南、北方定义的划分，由不得你凭自己的主观认识同意或不同意。这种"冷"和"不冷"的划分，我常把它说给现在的年轻人听，多数人无论如何也不认同这个理论，总是跟我争得脸红脖子粗，最后谁也说服不了谁。这是因为现在的年轻人对新中国成立后的很长一段时间里国家对"北方"和"南方"的划分规定知之甚少，他们多数是

以冬季是否需要穿厚厚的羽绒服来区别南方和北方的，广东人称上海人为北方人，但是按国家对南、北方的划分规定，上海人确属南方人。我争辩不过他们，自叹时代的变化带来了年轻人对事物认识上的不同观点以及意识上的更新。

我们再来说一下新中国后很长一段时间里国家对南北方划分的具体内容。以长江为界，北方城市里的职工，到了冬天，按照国家的规定，机关和企事业单位对职工是要发放冬季"烤火费"补助的，大约是每月6元（国家规定每月4~6元，根据企业性质不同而上下浮动），一般是每年的11月、12月至来年1月、2月总共发放四个月，也就是长江以北的机关和企事业单位（那时没有私有经济，所以企业指的就是国营和集体企业），每到11月份发放工资时，就会领到16元至28元不等的"冬季烤火费"补助，长江以南的机关和企事业单位是没有这个待遇的。在南方，烤火煤可以买到，但得从自己工资里支出。对于南北划分，例如扬州市与镇江市隔江相望，两地的气候几乎差不多，冬天冷起来，零下天气的寒冷程度也没什么区别，但扬州在长江以北，有"冬季烤火费"补助，镇江在长江以南，没有"冬季烤火费"补助。那时的平均工资收入是30至60元之间的水平，这冬季的16~28元的补助也算是一笔不算少的收入了，当时拿这笔补助，足够十个人去饭店吃一顿的开销了。

除了"冬季烤火费"补助，当年由于对"南北方"的划分一经规定，很多类似需要区分"南北方"的事情，也就随着南、北分水岭的长江而定了。例如，长江口地区的南通市和上海市，对于驻扎在那里的军队，南通驻军部队无论是官还是兵，到了冬季是配备棉大衣的，而驻守上海的部队，冬季没有棉大衣配备。紧挨长江口的两地到了冬天，气温虽然没有大的差异，但对于露天站岗的战士们来说，衣服配备却有所不同。上海兵羡慕北面一江之隔的南通兵有棉大衣穿，上海驻军战士们站岗时冷得瑟瑟发抖，没有配备棉大衣这一说。

知道了"北方"和"南方"是否有"烤火费"补助的区别，那就很容易理解过去在北方，国家是会供应取暖用的"散煤"，而在南方，任你冬季需要烧火取暖，只供应"型煤"。"散煤"是指煤矿直接挖出来的煤块儿和煤面儿；"型煤"指的是用"散煤"经过加工而制作的"蜂窝煤"（南方人把蜂窝煤也叫做"煤饼"或"煤球"）。再解释得细一点，烧"散煤"是需要有烟囱排烟的，烧"型煤"可以不需要烟囱。不知大家有没有仔细观察过，在长江以北地区，新中国成立初期至八十年代末建设的居民住宅，无论高低层的住宅，屋顶上都竖着一个与房屋本身不可分割的烟囱，北方人也常常将这建筑自带的、从房屋烟道一直延伸到屋顶的烟囱部分称其为"扶台"，这是由英文"Vent"音译而来的。长江以南的建筑，屋顶上没有烟囱，建房子时已经定义好了不可以烧"散煤"。但在南方地区，有些城市在解放前留下的古老建筑屋顶有烟囱，那是供取暖壁炉排烟用的，新中国成立初期至八十年代建设的民用住宅，有壁炉的建筑几乎为零。

有了北方地区有"烤火费"补助和可以烧"散煤"来取暖的这一事实，也就可以理解当时人们居家过日子需要去煤店买煤的事情了。跟买粮一样，买煤是每个家庭里必做的家务事，买煤比买粮还要来得吃力些，是很需要体力的活儿。跟当时的"粮证"一样，每家每户都有一本"煤证"，全称叫"居民购煤证"，跟"粮证"不同的是，煤炭供应量不是按人口来计算，是按户来定量的，你家人口再多，炉子只有一个，对于一个家庭里同时用两个炉子烧火的事，国家不认可。不过这"煤证"规定的定量还是比较充裕的，一般的家庭用不掉每月的供应量，而且所供应的定量可以逐月累积，对一年之前没购买完的定量才会作废，所以大家也不

会为了煤的定量而发愁。但有煤块儿和煤面儿的比例之分，煤块儿量少些，煤面儿量多些，煤块儿的定量是相对紧缺的"指标"。那时不存在"议价煤"这一说，私自搞些煤来卖，那是"投机倒把"，被定了这罪名是会被抓去"蹲大狱"的。

那个年代总的来说煤炭的供应量比较充足，煤店里一般不会没有煤卖，但煤的质量好坏就成了当时人们关注的焦点，通俗地说就是煤是否燃烧得好很重要。好煤抢手，好煤块儿更抢手；好的煤块儿远看发亮（磷光闪闪），容易燃烧，火力旺；差的煤堆在煤店总是消化不掉，消化不掉也就不能进新煤，大家就尽量在家里"吃库存"，等到"山穷水尽"了，才不得不去购买一些质量差的煤。供应给居民煤的质量好坏直接影响着煤店的销售业绩。

在城市里，除非哪家煤店的院子特别大，大到可以存放很多煤，否则一般都是把煤卸在了马路上来卖，一次有那么三四十吨之多，堆得长十几米，宽也要六七米，整整占了半条马路，甚至还要再宽些。新煤一到，堆成一座黢黑的"煤山"，原有的汽车和自行车的行驶道路就只能让给"煤山"一大部分，好在那年代汽车不多，这事儿放在今天会严重堵塞交通。到了冬季，北风一起，马路上的黑煤灰尘跟西北地区的沙尘暴一样，甚至有过之而无不及。尤其是夹杂了那黑煤灰的脏，躲都躲不开，人们既厌恶它，又离不开它，真是又爱又恨这离都离不开的煤堆和煤店。

当时，城市里的煤店卖煤，其定价是严格按照国家规定来执行的，供应的所有煤，跟粮食一样，是由国家统购统配。那时没有私人煤矿，从煤矿到煤炭公司，再到煤店，都是国营，国营有一个好处，就是价格极其稳定。记得当时我们那里的煤价，价格高的是最好的洪山煤块儿，每百斤1.68元（北方城市里的煤价是按每百斤来标价格的，而南方地区卖的蜂窝煤和煤球，有些按数量一百个来标价，有些是按每十斤来标价的，这一点，"散煤"和"型煤"的标价方式有所不同)，二级煤块儿是每百斤1.60元，虽然差了八分钱，这煤块儿的质量就差了很多，1.68元的洪山煤块儿特别抢手，类似现在的"网红"产品。煤面儿的价格要低些，质量好的兖州煤面儿，每百斤1.20元，最差的1.06元，记忆中没有低于每百斤1元的煤。

买煤跟买粮一样也是家庭里不小的体力活儿，是一项不小的"工程"。在北方地区，和南方地区买煤的最大不同就是一下子会买好几百斤，有些人家会一下子买上千斤存放于家中，煤的保质期很长，不怕风化变质。那年代，每周要工作六天，平时家里人都去上班或读书，下班放学后，人家国营煤店也打了烊下了班，所以人们买煤一般都集中在了周日，多数煤店总是闲六天忙一天，尤其是周日里煤店来了好煤块儿，人们就排起了长长的队伍，记煤证付钱要排队，交完钱去"煤山"那里装煤秤煤还要排队，用"钢铃车"或板车拖回家卸到自家煤池里，这一连串的劳动是需要一上午或一下午时间的体力活儿，半天的周末也就没了，怎么说也是个不小的家务工程。

话说在煤店往麻袋里装煤，是由煤店里的员工给你往麻袋或装煤箱里铲煤，不能自说自话地自己往麻袋里装，原因简单，再好的煤块儿，卖到最后，"煤山"底部总会剩下很多煤面儿，这煤店的人给你往麻袋里铲煤时，要搭配些煤面儿，你说我买的是煤块儿，不要煤面儿，煤店员工就会把脸一拉说道："都只挑了煤块儿，那剩下的煤面儿卖给谁啊。"有时就会带来争吵，最后给你少加点煤面儿，买煤的人也只能接受。相反，在装煤面儿的时候，煤面儿里也有一些"黑煤块儿"，这"黑煤块儿"不是煤，是黑石头。我没去过煤矿，不知道这煤面儿里的"黑石头"是哪来的，猜想可能那里煤矿本身的质量不是上乘，煤层里夹杂着尚未变成真正煤的石头吧，总之，我们过去买过煤的人，都知道这煤里的黑石头多了最头痛，买回家，这"黑石头"是不能当煤烧的，只能捡出来扔掉，所以在煤店里装煤的时候，会拼命地往外捡那不燃烧的"黑石头"。大家都往外捡石头，最后当整堆"煤山"卖完，无奈剩下了一大堆的"黑石头"，最终煤店的员工也只能把它扔掉作为煤店的损失，不知国家对这种煤店卖煤的损耗有没有补贴。

煤面儿买回家，要在院子里过筛，把掺进来的"黑石头"和煤块儿筛出来，将"纯的"煤面儿拎回家储存到煤箱、煤池子里，那年代在每个家庭里一般都备有一个筛煤用的筛子，是一个家庭里不可缺少的家务工具之一。记得每到周日，院子里常常会有好几个人，都在那里筛煤，然后往家里搬。有时遇到家里的儿女不在身边的老人们买煤，关系比较好的邻里就会让他家的年轻人去帮衬老人把煤筛好并给搬回家，这对老人就特别感谢邻居家的孩子给帮忙干了体力活儿，晚上家里做了好吃的饭菜就一定会给白天帮忙搬了煤的人家送去，以表感谢，这邻里间的关系也就特别融洽了。

在大院里，有时看到不认识的外人在帮忙买煤、筛煤、搬煤，多数是朋友来帮忙，也有一种情况，是刚谈恋爱的准女婿。这买煤的活儿他们干得最卖力，主人家的女儿也是希望男朋友能通过帮忙买煤，在未来的岳父、岳母眼里落个好印象，让自己父母能喜欢这未来的女婿，今后的好多事情也就会顺风顺水，未来女婿也绝不放过这难得的表现机会，人家说要买二百斤煤，这女婿非得给人买了上千斤，最终未来岳父岳母也就在大院里到处夸起了这未来女婿是如此的勤劳。但也有那些比较惨的是给未来岳父岳母买了几次、几十次的煤,最后因其他原因跟女朋友分了手,这煤也就白买了,力也白出了,后来在大院里的买煤人群里,这小伙就消失得无影无踪了。对有准女婿的人家,买煤时不见了以前的小伙,邻居们就会暗中猜测,八九不离十地跟那男朋友又吹了,为他们家惋惜,不知那年代做家长的对一个未来女婿的评价是否优势,是否都拿能不能出力买煤来衡量,不得而知,但这是个重要原因。

现在的城市里,已经完全没有了用烧煤来生火做饭和取暖的概念,也就没人再去关心煤块儿和煤面儿在生火做饭和取暖时的区别。但是在人们必须每天与煤打交道的那个年代,只要是经济上允许,人们就特别希望能买到燃烧好的煤块儿,虽然价格贵一点。追求优质的商品、渴望美好的生活,是人类的共性。

经历过那个烧煤年代的人都知道,对一般家庭里取暖用的炉子来说,煤块儿和煤面儿的最大的区别是用劈柴引火生炉子时有所不同,引火必须用煤块儿,容易点着,而煤面儿很难点燃。作为生炉子点火的三个环节:先把纸点着,纸火引着木柴,木柴再引着煤块儿,煤块儿的火稳定后才可以加煤面儿,这是引火生炉最基本的操作程序。虽然明白程序,但有人技术好些,一点就着,也有人不熟练,几次引火失败,没引着了火就无法做饭,气得直跺脚。那年代没有外卖,这火炉就像是了现在的"美团",没它这饭就吃不上。

过去北方地区烤火取暖的火炉,多数是用一种生铁铸制的炉子,很多地方的人们都叫它"花盆炉",可能是形状像花盆的缘故,这种烤火炉,在城市里,一般只有"土产杂品店"里有卖。那年代,城市里的各类商店都有一个很大的特点,就是商店销售的专业性非常强。国营商店一切按国家计划来实行，商店的名称、销售的品种都由政府来规定，各个商店里销售着被分了类的商品。卖食品类的商店叫"某某食品店"，卖布料的商店叫"某某布店"，卖儿童玩具的商店叫"某某儿童商店"，卖那些跟家庭里烧火做饭有关的商店叫"土产杂品店"，卖肉食蔬菜的叫"某某菜店"（在南方叫"菜场"），卖鞋帽的商店叫"某某鞋帽店"，比较综合性的商店就是"百货公司"了。取暖做饭的火炉都会去"土产杂品店"里买，但商店里买回来的火炉是不能直接使用的，需要在炉膛里用黄泥土做炉芯，这在北方地区的土话叫"盘炉子"。这黄泥土盘炉子很有技术和讲究，盘得好，炉子燃烧得好，火力会很旺；盘得不好，再好的煤也烧不旺。不过好在家家都会在盘炉子之前去请教邻居们这盘炉子的技巧，热心的邻居会毫不吝啬地教给你，甚至干脆过来帮你家盘起了新炉子，这也是反映那年代邻里之间互相帮助、关系融洽的一个侧面，故事很多，也很值得怀念。"花盆炉"烧煤块儿最理想，但煤块儿的供应是限量的，无奈也就只能多数时间烧煤面儿，遇到质量不好的煤面儿，煤粉特别散，就需要在煤面儿里掺进一些粘性高的黄泥土，这才能使其燃烧时结成块儿。当年的煤店里也卖高粘性的黄泥土，非常便宜，煤的价格如果比作肉的价格，那黄泥土基本就像是葱的价格了。

　　有些人家把煤面儿买回来，在院子里或者大门外的马路上，往煤面儿里加上黄泥土然后掺些水，将煤面儿搅和成稀泥状，做成一个个的煤饼（像烧饼，也像西部地区的锅盔），摊在地上等其晾干后就成了一个硬硬的煤饼，这样在烧火时就比普通加水而湿的煤面儿烧起来方便，类似煤块儿，民间百姓往往会在生活上用各种聪明智慧来提高自己的生活质量，高手在民

间嘛。但煤饼做好收回家里，地面就留下了一团团的黑印，不下一场大雨，这黑印就会一直留存地面，像是一片那个年代日常生活里的特别印记。

盘火炉、引火、和煤面儿，以至夜间封火（小火不灭，第二天不需要重新生火），这些看似是日常生活的俗事，在那个年代是家家都离不开的重要家务事，是生活的必需，是人人需要学会的生活技能。

上世纪八十年代末，在北方，国家也开始不提倡烧"散煤"了，煤店里逐渐取消了"散煤"的销售，由断断续续的供应，到开始出售"型煤"的蜂窝煤和煤球，人们无奈只得将原先的火炉扔掉，换成了能使用蜂窝煤的炉子。北方的蜂窝煤炉子是连接烟囱的，跟南方使用的没有烟囱的蜂窝煤炉子不太一样，火力会旺很多。"型煤"类的蜂窝煤有高矮两种，高的10公分左右，矮的6公分左右，这主要是根据用途来区分，炒菜做饭的时候，遇到炉子里的蜂窝煤已经快要燃尽，需要加一个新的蜂窝煤，这时你加个高蜂窝煤，一下子就会把火压个半死，就会做成夹生饭，这时就需要加块矮煤，让它的火很快着上来，继续做饭。而夜间封火，需要高煤，燃得慢些，第二天仍有暗火，不必重新引火生炉。

北方人用的是长年烧"散煤"的花盆炉，对开始实行烧蜂窝煤炉始终意见颇大，总觉得它的火力比不上花盆炉，有些人家就保留了花盆炉，将

买回来的蜂窝煤敲碎后放到花盆炉里燃烧。要改变人们某种长年的生活习惯是一件很困难的事，需要循序渐进，不可操之过急。当年的烧"散煤"改成烧"型煤"，政府就使用了循序渐进的方法，持续了一段时间的"双轨制"，煤店里卖"散煤"，也卖"型煤"，但"散煤"常常断货，让你慢慢觉得没戏了，就改烧"型煤"，这种做法很人性化。

到了上世纪九十年代，城市里已经开始普及煤制气（非天然气），家中也逐步享受了由政府投资的热电站提供的热能集中供热，空调、电暖器也逐渐得到普及。人们家中的蜂窝煤炉也逐渐退出了历史舞台，买煤这事就消失得无影无踪，家中的煤炉也淡出了人们视线，渐渐地人们就忘记了在上世纪家家烧煤取暖和做饭的事，我们曾经的买煤、烧煤经历已是历史，但记忆留存，而且深刻。

时代的进步、社会的发展之快，改变了我们的生活，也带来了我们对日常生活内容的重新认识。

这正是：煮饭加驱寒，燃烧黑煤团；世俗烟火气，熏陶人心间。

大杂院的故事 5 ——买菜

人活着，每天都离不开吃饭，吃饭就离不开粮食、蔬菜以及其他鸡鸭鱼肉之类的可食之物。人们居家过日子就一定需要去购买那一日三餐的原料，粮食可以常备，但蔬菜和肉类需要的是新鲜，就得随时购买随时吃。中国人食用冷冻蔬菜的量不大，总认为把那蔬菜一旦冷冻加工就没了原有的蔬菜味道。我国有很多食品加工企业加工冷冻蔬菜，基本以出口国外为主，内销为辅。

现在的城市里，有两类家庭不用常常去"买菜"。一类是眼下很多的年轻人家庭，他们在家里不开伙，从不做饭烧菜，总是去饭店吃或叫外卖；也有很多年轻人是去父母家吃饭，这跟他们每天工作忙碌程度基本无关，跟会不会做饭也没什么关系，而是跟年轻人现在收入普遍提高有直接联系；另一类人是对眼下的食品安全问题特别担忧，甚至是过度的担忧，一些有条件的家庭就开始在自家的后院种起了各种蔬菜，也养了鸡和鸭，保质保量，这就基本不去买菜了，过起了城市里的田园生活，让人羡慕不已。

退回到五六十年前，居家过日子，几乎每天必去当时国营的菜店里买菜，北方称作"菜店"，南方称作"菜场"。在北方地区，现在很多卖菜的地方也开始改名叫起了"菜市场"，那是购买蔬菜之类食品的自由市场。过去的那种国营菜店已经消失，有的倒闭关门，有的转了行。当年的菜店是北方城市里居家过日子离也离不开的购物之处，菜店像是人们日常饮食生活中的一个"加油站",可以说是那年代每天必须面对的一个"景点",经历过那年代的人,对菜店应该记忆犹新,去菜店买菜留存了许多有趣的故事。

那个年代,城市里的国营菜店一般是按区域、路段来均衡设立的,一般都叫做"某某路蔬菜副食品店",人们把它简称为"菜店"。在南方地区,菜场每天的开市时间多数是早上6点左右,所以人们要想购买好一点的菜,都要一大早四五点钟起来去菜场排队。而在北方,蔬菜和肉类等的进货时间基本都是在白天,多数是下午,所以去菜店买菜一般是在傍晚时分,大杂院里常能看到很多上班族们在下班回家的路上顺便逛了菜店,自行车上驮着各式各样的菜,男人买菜,女人下厨,这是那个年代大杂院里日常生活中的一道永恒风景。就买菜的时间上讲,北方跟南方有着天壤之别,这可能跟北方冬天的气候寒冷,菜农们没人在寒冷的一大早去城市里送菜有关,这是由地域不同而带来的生活环境不同。

在我们国家,上世纪六七十年代,农民们还没拥有塑料大棚种植蔬菜这一技术,蔬菜都是按季节的不同而种植不同的品种,加上冷藏保鲜技术的不发达,供应给城市里的蔬菜也就完全按收获季节来供应。过去在北方的菜店里,蔬菜的品种不多,新鲜上市的蔬菜更少,菜店里卖菜的柜台上总是放着"姥姥不亲舅舅不爱"的蔫不拉叽的蔬菜,来买菜的人看到这些"旧货",也都会瞬间皱起了眉头,有时只能"矬子里面拔将军",挑一些相对好的凑合着买回家。当年的各种物资匮乏,新鲜蔬菜比较稀缺。有时菜店里一旦来了刚上市或稀有的蔬菜,消息会一传十、十传百,人们很快就会排起了长长的购买队伍,排了个把钟头,为的只是买一点新鲜上市的蔬菜,可见这每天必吃的蔬菜已经匮乏到了什么程度。人们得到这类菜店里来了新鲜蔬菜的消息,还有在上班时间偷偷溜出去买菜的人,但回来被

领导发现多数会挨批。买了好菜，挨了领导批评，两者一平衡，也就老老实实地受着那批评，毕竟是自己违反了纪律。在物质匮乏的年代，人们为了生存，为了追求生活质量，也就失去了很多小小的尊严，但尊严和生存同时摆在面前作取舍时，人们往往会选择生存优先。

大概是一九七二年至一九七六年期间，我家居住的城市里，不知什么原因，蔬菜供应变得奇缺，菜店里几乎没有了菜可卖。大夏天的，有时卖菜柜台上只有一小堆满身斑痕、老气横秋的茄子和有点发了芽的土豆，售货员坐在那里已经显得无所事事，闲得很无聊地看着报纸，谈着天说着地。为了防止新鲜蔬菜送进菜店，人们会疯狂地大量购买，蔬菜公司就开始通过街道办事处对那仅有的少量新鲜蔬菜供应按户发票，这种临时发放的"蔬菜票"，跟副食品供应票不一样，往往不是正式印刷的，而是用油印机印制的简易"蔬菜票"凭证，上面写着"菠菜一斤"或"芹菜二斤"之类，菜店里进了这些新鲜上市的蔬菜，人们要手持"蔬菜票"才能去购买，定量供应。有些双职工到了傍晚下班时，手拿"蔬菜票"去菜店购买，但这些凭票供应的蔬菜早已卖空，质问菜店的售货员也无济于事，一路回家只能叹气不已。手拿"蔬菜票"而买不到菜的原因，估计是印制"蔬菜票"时，印刷的数量超过了蔬菜供应量，有点像现在某些航空公司出售的飞机票超出了飞机实际座位数一样，去晚了机场就上不了飞机。

过去的北方地区，在买菜这件事情上，最热闹和最兴奋的莫过于临近冬季购买大白菜。北方地区产的白菜属于秋季大白菜，个头比南方白菜要大许多，这是北方地区蔬菜里最主流的品种。秋季大白菜的最大特点是可以储存很长时间，秋冬时节，在常温下可以存放三个月左右，有些会储存的人家可以放至半年之久。大白菜是北方地区冬季里每家餐桌上必有的蔬菜，猪肉炒白菜、猪肉炖白菜、白菜炖豆腐、白菜炖粉条、醋熘白菜、拌白菜心，顿顿饭用大白菜来做，其他品种的蔬菜实在是稀少得很。记忆当中，秋季大白菜大量上市，当时的价格每斤大约四分钱，北方人购买大白菜不是论棵买，一般都会一次几十斤甚至几百斤地购买，每家每户购买秋季大白菜都会拖着"钢铃车"用麻袋装回来，完全不像南方地区每次去买那么一两颗。南方人对北方地区的秋季购买大白菜的事儿看不太懂，很难理解买这一种蔬菜可以一下子这么大量地疯狂购买。由于人们购买的数量大，菜店里进的大白菜就比较多，一般都会堆放在马路上出售，堆成了小山，上面又盖了帆布"棉被"，以防夜间低温冻坏。

我们家来自南方，很多生活习惯仍沿用了南方的方式，记得刚搬来这里的那年，大白菜上市期间，看到马路上堆起了山一样的大白菜堆，父亲就去排队买两棵，认为蔬菜是要吃新鲜的，心里盘算着买那么多放着短时间里吃不完会坏，一下子买那么多是不对的。结果大白菜销售时间一过，再想去菜店买白菜，已经没了，这才傻了眼，知道在北方地区生活，这白菜是要一下子买整个冬季够吃的量，否则蔬菜就会断了顿，生活也就乱了套。

大白菜买回家，要尽快在某个阳光充足的日子里，放在太阳底下晒半天，让大白菜外层发绿的叶子水分蒸发，变得外层干燥，这样干枯了的外层白菜叶就不会因为保存时间长久了而腐烂，外层不腐烂，就可以长时间保存着，一个冬季都可食用。到了季节，大杂院里满院子都是摊在地上"晒太阳"的大白菜，像是一个大白菜的海洋。也有的人家把外层的菜帮子剥下来，

用盐腌制成咸菜，也是一种很好的利用白菜帮的方法。我家从没腌过白菜，在邻居家里吃到过，觉得好吃，常常羡慕不已。吃了邻居家的腌白菜，回家说给父母听，希望他们也能同样照着做。大杂院里生活过的人，可能都有过邻居家做的饭菜好吃这种体会和忘不掉的记忆。

　　冬季来临前，还有一种上市的菜，人们会一下子买很多，那就是雪里红，别名：雪菜。雪菜腌制后又叫雪里红。冬季雪菜上市，人们会买来很多，挂在大院里晾晒，等其根茎都蔫了后腌制成咸菜长期存放。我们家不会做腌菜，常常会有邻居给我们送刚腌制好的雪里红，吃着自家不会做的这种腌菜，幸福指数瞬间提高，难忘邻里间情谊。

　　那年代，作为在菜店里供应的肉类和调味料，很多是需要凭国家发放的"副食品票"才能购买，鸡、鸭、鱼、鸡蛋和花生油样样都得凭票（北方地区习惯于用花生油做菜，南方多用大豆油和菜籽油）。中国人历来的食肉习惯是以猪肉为主（新疆、西藏、内蒙古、宁夏等地区除外），消费量最大的是猪肉，其次是鸡肉，牛、羊肉排在后面，这跟西方人的食肉习惯和消费排序正好相反。所以那时在菜店里一般牛、羊肉不需要凭票供应，有钱就能买，只要店里有得卖。

　　那时的鲜猪肉每斤0.86元，还没有冷冻猪肉这一说。人们去菜店，往往会只买二角钱到三角钱左右的肉，一下子买一斤肉的人，要么是家里人口特多，要么是家里请客人吃饭，奢侈一把，但这种情况不多，因为国家配给的猪肉数量有限，容不得你"大口吃肉"。大、小排骨不需要凭票供应，这很奇怪，大概是因为大、小排骨都带了些骨头，人们会认为它不能用来炒菜，也就没把它当成肉的缘故吧。菜店里的猪肉是用很大的铁钩挂在了柜台前的横杆上，想买多少，由售货员用锋利的割肉刀给你割下来。因为跟蔬菜相比，猪肉要贵很多，人们多数在买肉的时候，就希望多一些瘦肉，但售货员总想把那一板挂着的肥、瘦都有的猪肉平均地卖掉，手里拿着的割肉刀就长了眼，肉割下去有功夫，肥瘦兼有，很是平均。不过，跟肥肉接近的猪身上的油脂部分，也叫"猪大油"，有时倒颇受欢迎，因为那年代食用油凭票供应，数量又不多，用"猪大油"熬出的油可以替代食用油炒菜，增加些"油水"，猪大油很香，也就变得"吃香"了。

菜店里也卖油、盐、酱、醋和味精之类，这是当年做菜的基本调料，以散装为主，瓶装或袋装品比较少，即使有价格也贵很多。家里大人支使孩子们去"菜店"买酱油和食用油之类的东西时，就是拿着容器去"菜店"买散装酱油或食用油，北方人称之为"打"，南方人称之为"拷"。

我们说"打酱油"这事儿。记得那时的酱油根据质量的差别，价格有便宜和贵的两种，便宜的每斤0.1元，贵的每斤0.16元。菜店里盛酱油一般都是用很大的陶制的像"水缸"一样的酱油缸，舀酱油的舀子在北方叫"提子"，是一个用竹筒经过加工制做的，下部留着竹筒，上部锯掉大部分，留下一根与下部竹筒相连的细细长长的手柄，便于用手拿着从那酱油缸里提酱油，从缸里提起来的酱油再通过一个漏斗装进买者自己带来的酱油瓶里。一般有两种大小不一样的提子，大的装满正好一斤，打两斤酱油给你装两提；小的装满正好半斤，根据购买的数量，用不同的提子，所以当年打酱油不用秤来秤，店家用这卖法，消费者也习惯了这买法，价格不贵，也没人计较那少许的短斤少两。

同一种散装酱油有了两种价格，不像一般瓶装成品，有牌子和表明质量好和差的产品标示，这散装的酱油打到你的容器里，肉眼就很难区别了，常下厨的人，凭口感能区别出酱油价格不同质量不同，但一般人不会那么

敏感。常常是父母让家里孩子去打酱油，会告诉他要打哪种价格的酱油。我常被父母差去打酱油，说个自己去打酱油的故事。

母亲常常会在临做饭时才发现，家里的酱油瓶里已经基本见了底，做这顿饭用的酱油估计已经不够，便让我去打点酱油回来，意思就是拿着瓶子去菜店买酱油，打酱油是我小时候常干的家务活儿之一。我问母亲，"是买一角六分的还是买一角的？"她会告诉我要买那种质量好些的一角六分的酱油，随后给我两角钱。一般我都会遵照母亲的要求，去菜店打一角六分的酱油回来，但偶尔也会在去菜店的路上动起了歪脑筋：这一角六分的酱油跟一角的酱油，都是那种深褐色，打眼儿一看根本分不出差异，应该没什么大的质量区别吧？就想着把那省下的六分钱占为己有，可以买冰棍儿吃。到了菜店，把空瓶子和两角钱递给了售货员（那时有两角的纸币），说是打一斤一角的酱油，售货员会找回一角钱。回来的路上就去买了冰棍儿吃，回家把打来的酱油交给母亲，同时交回了四分钱，母亲也就顺理成章地认为我买回来的是一角六分的酱油了。几次下来，平安无事，做了坏事后心里揣着的兔子也就不再跳了。之后，有一次吃饭期间，母亲说现在的一角六分的酱油好像味道不如从前了，没了那种酱油的浓和香，再过了一段时间，母亲问我，你买的酱油是多少钱的，我说是一角六分的啊，母亲就说，下次换一家菜店去买，这家店的酱油质量不太好。我开始以为母亲真的是认为这一角六分的酱油质量下降了，只是让我去别家菜店购买试试而已，但后来仔细一琢磨，不对，每家菜店进的酱油应该都是统购统配，价格一样，东西也一样，母亲让我去别家菜店试试这话是没道理的，难道她发现了其中的秘密？应该是八九不离十。从此我就对这歪脑筋刹了车，没再敢去买那一角钱的酱油。长大之后说起这事，母亲告诉我，其实已经猜到了我是拿了两角钱而去打了一角的酱油，一角六分的酱油和一角的酱油，别看差了六分钱，那年代的物价水平，这六分钱反映到产品成本上差别是很大的，酱油的质量和口感肯定不一样，只是给我留了面子而没有戳穿我罢了，但已经对我的初次撒谎提了醒。我感谢母亲用这种提了醒又没去戳穿的教育方式。

过去在大杂院里，到了做饭前的时段，家家都会在自家门口"择菜"，一边择着菜一边跟邻居们聊着天，那是邻里间交流最多的时光。择菜和洗菜这活儿里，最难择的是韭菜，最简单的是洗萝卜，也有些人家讲究，买来的豆芽菜都要一根一根地择那根须，很费时间，这是功夫活儿。儿时在大院里跟小朋友们玩耍时，最怕的是被父母叫回家择韭菜，玩心仍在大院里没收回来，一边择着韭菜一边听到小朋友们在玩耍的喊声，心里充斥着极大的不情愿，这菜就择得粗糙了，韭菜带了泥，常常就被大人训斥，当时觉得冤屈，现在提起来就成了跟年老父母交流时的有趣回忆了。

现在的城市里，计划经济年代的菜店已经完全没有了踪影，人们买菜，要么去可以自由讨价还价的菜市场，要么去超市、卖场里买那洗得干干净净的盒装蔬菜，过去的那种去菜店买菜、回家择菜的家务活儿已经成了过往，成了历史，消失得无影无踪。当年有菜店的时代，是新中国成立后计划经济时期很具有代表性的一种商业模式存在，一种当时生活环境的烙印，谈不上美好不美好，也是一种记忆的留存。

这正是：油盐酱醋茶，肉蛋菜果瓜；酸甜苦辣咸，余味留舌尖。

大杂院的故事 6 ——养鸡

大杂院和"鸡"联系在一起,故事也就更多了一些。

人类喜欢养动物是一种天性,但饲养宠物和饲养家畜的心理略有不同,养宠物是解决了温饱之后的事,养家畜是为了生计。

鸡是人类饲养最普遍的家禽。

中国文字里,鸡的谐音为"吉",有着特别好的寓意。所以早在古时候,鸡就在所有的动物中占着举足轻重的地位。中国历来就有很多人喜欢养鸡,也是最早驯养鸡的国家。中国人很喜欢用"鸡"这个字组成的词,例如:鸡飞狗跳、鸡飞狗叫、鸡飞蛋打、鸡毛蒜皮、鸡同鸭讲、鸡犬不宁、鸡犬不留、鸡犬升天、鸡争鹅斗、鸡鸣狗盗,也有:一地鸡毛、鹤立鸡群、呆若木鸡、失晨之鸡、杀鸡儆猴、闻鸡起舞、杀鸡取卵,更有:"宁做鸡头不做凤尾""雄鸡一声天下白"等无数与鸡相关的词语,可见中国人与鸡有着很深的渊源。

过去每年一开春,大约在清明节前后,走街串巷来卖刚孵出的小雏鸡的郊区农民就开始陆续进城了,肩挑箩筐叫喊着:"卖小鸡儿来……"按大小和质量不同,一般是二角一只,也有一角一只的,

一公一母配对卖，卖小雏鸡的农民，运气好的话，往往只要走进一个大杂院，带来的几百只小雏鸡都能卖掉，挑着空箩筐高兴地回了郊区农村。在北方地区，买小雏鸡不叫买，叫"抓"，"你今天抓了几只小雏鸡"就是买了几只小雏鸡的意思，并不是真去野地里"抓"了鸡，这里的"抓"鸡要付钱的。

大院里买小雏鸡饲养的人，很多是解放后才从农村来到城市里就业，懂得饲养小雏鸡的知识，对于如何把小雏鸡养大非常在行，在如何定时定点给它喂食这方面很专业。小雏鸡的抵抗力很弱，有时在把小雏鸡喂养到成鸡的过程中，会因为不小心让它吃了变质的食物而死掉几只；但只要会养，又不让它到处乱跑，定点喂食，多数都能成活，慢慢地长大，成了鸡模样，人们就开始期待着公鸡打鸣、母鸡下蛋了。

小孩子的一大特性是自己非常想要别人拥有的东西，我从小看到邻居家买来小雏鸡慢慢地养大，很是羡慕，就特别想在我们家也养上那么几只，听到进了大杂院里来卖小雏鸡的挑担人的叫卖声，就总是跟母亲说我也想养几只小雏鸡，但年年都被母亲拒绝，一盆凉水从头浇到脚。理由是我们家不具备养鸡的知识和条件。长大后我才慢慢明白，是母亲自己讨厌鸡，所以才每年都坚定地破灭了我的愿望。后来我读初中的时候，有一年不顾母亲的反对，硬是买了两只小雏鸡来养，但不幸的是，不到一个礼拜，这两只小雏鸡不知什么原因就被我养死了，从此也就彻底死了养鸡的心，知道自己这辈子是绝对成不了"养鸡专业户"。

邻居家大婶大妈把买来的小雏鸡用竹筐盖起来，每天喂些米粒儿，过了几个月，逐渐有了鸡的模样，就正儿八经地砌了个鸡窝，北方方言里将"砌"称之为"垒"，"砌墙"叫"垒墙"。大院里养鸡的人家非常多，也都在院子里用砖头垒起了鸡窝，类似电视剧《潜伏》里藏了金条的那种一米见方的鸡窝。垒鸡窝需要砖头和水泥，这砖头和水泥当时没有商

店能买到，大家就都去建筑工地拾那些拆房子拆下来的旧砖头，用黄泥掺些沙，就垒起了鸡窝，前面留一个够鸡进出的小门。一段时间，大院里垒鸡窝流行，家家门口都有了"违章建筑的小房子"，自家门口没地方垒的人家就去占了大院的公共空地。大院里，很多公共空地的归属都说不清，常常因为这归属不清的"地界"问题而产生了邻里纠纷，争吵不休，更有邻居间反目为仇，从此不相往来。有时因为"地界"不清发生争吵时，常会有一位邻居大叔闻声过来，先听着争吵双方说着各自的理，然后向争得脸红脖子粗的这两家邻居说了他的看法和判断，最后再做个"和事佬"，双方争执得也累了，经这大叔一调解，最终双方偃旗息鼓，按照大叔的说法，各让了一步，"鸡窝事件"也就此解决。那个年代，我特佩服这样的能"断事儿"的大叔，后来长大了才知道，这位常常给邻里间"断事儿"的大叔，只是一个国营工厂里的木匠师傅，学历并不高。从此，我就把这类能"断事儿"的人称之为"学历不高，但文化水平不低"的"明白人"，文化水平的外延是很广泛的，不能用单纯的学历高低来衡量一个人所谓的文化水平，不知这是不是一种反常识的理论。

大院里楼上楼下到处布满了占据公共空地的鸡窝，鸡窝大小不一，外观也是五花八门，垒的数量多了，这大院里也就"破了相"，像是满身贴了膏药。听父母讲，每天进出这鸡窝遍地的大院，实在影响感官，都动起了想搬家的念头，但那时整个城市里都流行养鸡，你搬哪儿都一样，进了哪家大院都是鸡窝满院

的"违章建筑",除非你离开这座城市,别无其他选择。

邻居家的小雏鸡经过精心的饲养,渐渐有了鸡模样,公鸡长出了红鸡冠,开始会打鸣了,每天早上想睡懒觉的人,就被这公鸡的打鸣声惊醒。城市里的人不像农村要一大早下地劳动,起得都相对晚,但公鸡一大早打鸣的天性并没有因为饲养在了城市里而变化,特别是"年轻力壮"的公鸡,没人能跟它说得通这是城市不是农村,能不能晚点起来打鸣,它们总是我行我素,每天一大早必定要练嗓。一只鸡打鸣还好办,有间歇,但全大院里至少有几十只公鸡,这打鸣可能也传染,一只鸡一叫,一群公鸡就开始排着队都叫了起来。一只一只排着队叫还算有节奏,但有时是一只叫完跟着后面三只一起叫起来,吵得你无法再次入睡。自从被第一只叫醒后,知道今天的觉是睡不成了,耳朵里就塞起了棉花,但作用不大。最麻烦的是四五点钟时的一阵猛叫之后,突然停住,像是集会游行被警察镇压了几个暴徒,开始集体不发声了,你等了一会儿再也听不到打鸣声,又会睡了过去,醒来已是早上八点,无疑上班迟到,进单位见了同事,说是被大院里早上鸡打鸣闹的,同事也揉了揉眼睛,说我们那大院也一样,彼此彼此。因为公鸡打鸣影响了休息,天天被吵醒的那些不养鸡的人家就有了意见,但有碍于邻里间的面子,只能客客气气地提出对鸡打鸣的不满,说是你家的这公鸡起得真早啊,邻居们也听出了这话里有话,好的邻居就直赔不是,说是逢个请客的日子就把这鸡宰了。这日子一天一天过去,鸣照打,总是不见邻居家宰鸡,就知道所说的宰鸡,也就是一种赔不是的态度,可能压根就没想过宰鸡的事。

公鸡是用来"踩配"母鸡的,好让母鸡"怀孕",来下那可孵化出小鸡的孵化蛋,如果要宰鸡食用,老公鸡不好吃,一年之内的小公鸡肉嫩鲜美,炒"辣子鸡"最适合。按这道理,公鸡不会被养到第二年,年龄大"拄了拐杖"的老公鸡宰后怎么

加工也不行，吃到嘴里如同嚼柴。饲养公鸡还可以有另一个功能，就是一只公鸡遇到另一只公鸡时，常常会"好战"地去"斗"。中国有句俗话，常常把喜欢吵架的男人比作是"好斗的公鸡"，就是拿鸡好斗的特性来形容人。大院里年轻人经常会拿自家的公鸡跟别人家的鸡去"斗"，要拿去跟人家斗的鸡，会把它抱在胳肢窝里，而不是赶着去的，要斗的时候才撒了双手往地上一放，两只斗鸡就起了舞。斗鸡在中国有着很悠久的历史，有养鸡的时代，就必有斗鸡的场面出现，有的是拿斗鸡来寻乐，有的是拿斗鸡来赌钱。

大院里斗鸡不过瘾，就有了抱着自家的"好斗公鸡"去邻院"约架"的场景。一般会叫上三两朋友一起，抱着公鸡，一路兴奋地去了别的大院。敢抱着公鸡去"约架"的一般都是很有自信的主人，觉得取胜的可能性极大才敢出门挑战。但也不是把把都能赢，遇到"强敌"，也会斗输，斗输了鸡的朋友在回家的路上就能看出了他们的无精打采，一脸的沮丧，也是有些高估了自家公鸡的战斗力。斗鸡也有打平的时候，就是两只公鸡在几个回合大战之后，仍没见哪只鸡逃走，交战双方都被对方的鸡咬得脖子上已经秃了毛，只剩下了个大大的鸡冠和鸡头，不忍再斗下去，说是那就都抱回家养几天，日后再战，双方也就言了和。因为斗鸡而出现鸡输人也输，鸡赢人也赢的事情经常发生，因为斗鸡而最终人与人之间斗了起来的事也不少，甚至最后不是"斗鸡"，演变成了人与人之间的"斗殴"也有发生。

关于斗鸡，中国著名作家阎连科先生写过一部很精彩的《斗鸡》，通过斗鸡的故事，描述了中国人所经历的不同时期的社会、环境、意识形态变化，是一部非常值得一读的佳作。

养母鸡是为了能下蛋。母鸡从小雏鸡到能下蛋，大概需要六个月左右的时间，母鸡不经公鸡"踩配"下的蛋是无精卵蛋，供人们食用，母鸡只有被公鸡

"踩配"成功后，大约经过二十一天就可以产出孵化蛋。母鸡通常一旦下了蛋，就会在窝里"咯咯咯、咯咯咯"地叫个不停，有经验的人会听到自家养的母鸡有了这连续的叫声，就赶紧去鸡窝捡那刚下出来热乎乎的蛋。

母鸡在体内合成一个鸡蛋，大约需要二十至二十四个小时，所以下蛋再旺盛的母鸡，每天也只能下一个蛋，有些人家养了两三只母鸡，"收成"好的时候每天能"收获"两到三只鸡蛋，很多双职工白天上班，傍晚下班回到家之前会先去鸡窝里"摸"鸡蛋，"摸"到了几只鸡蛋，那开心劲不用说，但有时傍晚回家时往那鸡窝里一摸，三只下蛋的母鸡，只有一个鸡蛋，而且连续几天，天天如此，就开始怀疑起了有邻居在"偷蛋"，但又没什么证据，只是怀疑，怀疑就是猜测，猜测的事就不好明说，文明的人就在家里和家人议论和嘀咕，估计是谁谁家的孩子干的；不太文明的人，就在院子里大骂，这一骂，第二天果然"摸"到了三个蛋，也算是骂街成功。

大院里很多人家都养了鸡，而且每家不止养一只，我们这有着三十六户人家居住的大院，白天都把自家的鸡赶出了鸡窝，满院子就像一个大型养鸡场，场景颇为壮观。因为满院子里的鸡太多，走路要尽量躲着鸡，不是怕鸡，是怕自己一不注意踢到了鸡会起了纠纷，这躲鸡还不可怕，可怕的是满院子、满地的鸡粪，很容易就被脚踩到，自家养着鸡的人也就忍了，没养鸡的人就皱起了眉

头，觉得好好的大院就这样被鸡粪糟蹋了，有时带朋友回家，总要提醒人家，"当心地雷"，扫大院的大爷也来不及扫清，直叫苦。

　　白天还是满院子的鸡，到了夜晚，所有的鸡都会回到自己的鸡窝，晚上天黑回家时，大院里绝对一只游荡的鸡也不会有。很多人会好奇，鸡为什么到了晚上会自己找回到窝里？有三个原因，这是我长大后看书才知道的。第一个原因，人们都知道，鸡是由鸟类演变过来的，也就是属于鸟类动物，鸟类区别于其他种类动物最典型的特征就是夜归巢。每当夜晚的时候，鸟就会在树上选择一处自己认为比较安全的地方休息，而鸡作为飞不高的鸟类，最后它只能回窝休息。第二个是属于外部的原因，鸡在晚上的时候会回窝与它的天敌黄鼠狼有关，大家都知道一句歇后语，"黄鼠狼给鸡拜年——没安好心"，黄鼠狼一直对小鸡"心心念念"地"惦记"着，所以，鸡为了躲避黄鼠狼的骚扰，愿意回到安全的鸡窝里。第三个原因，是与鸡的习惯有关，哪怕是小鸡也会慢慢地适应安全的环境，在夜晚感觉不安全的时候，会选择心甘情愿地回家，慢慢地就演变成了黑夜回窝的好习惯。人类是不是应该向鸡"学习"，每天早早起床，晚上乖乖早点回家。

　　现在的城市里，早已没有了"卖小鸡来……"的叫卖声，没有了一大早公鸡打鸣的吵闹声，没有了满地鸡粪的烦恼，没有了"斗鸡"的乐趣，没有了傍晚回家前顺道去鸡窝里摸到个鸡蛋的幸福感。社会发展，时代变化，时过境迁，物是人非，城市里大量养鸡的生活环境已经成为了历史，成为了过往的故事。现在人们对鸡的认识，大概仅存在于去超市买冷冻的鸡，去菜市场活杀一只鸡，或是停留在菜谱上的白斩鸡、盐焗鸡、文昌鸡、葱油鸡、辣子鸡、厨王鸡、海南鸡、三杯鸡、口水鸡、烤全鸡、德州扒鸡、宫保鸡丁、小鸡炖蘑菇了。

　　这正是春抓一雏鸡，秋收百粒蛋；鸡鸣报昏晓，情满大杂院。

大杂院的故事 7 ——做饭

人是铁,饭是钢,一顿不吃饿得慌。做饭,也就成为了百姓生活的重要内容。

大家有没有留意,"回家做饭"这件事,现在已经变得不那么重要了,特别是年轻人,由于外卖和街边餐馆的增多,家里不开火做饭的年轻人家庭在不断增加。平时去大卖场、超市里购买粮食类商品的人群里,上了点年纪的人明显占了多数,下班后"回家做饭"这句话已经不是现在年轻人的常用语言,他们说的最多的是今晚去哪家餐馆吃饭,下班前早就搜过网上的推荐,找准了目的地,吃完饭再回到自己的家。其实也就那么短短的几十年间,社会环境的变化,餐饮服务行业的变革,给人们带来了生活环境和生活习惯的很多变化,人们现在互相交流的关于饮食方面的语言,好多已经颠覆了长期以来中国人的传统语言所要表述的概念。虽然生活在同一个时代,老年人和年轻人之间每天都会遇到无数这方面的语言碰撞。

并不很遥远的几

十年前，在北方地区的大杂院里，做饭仍是家家必做的家务之一，绝不能凑合了事。那年代，特别是在北方地区，餐饮业不发达，餐馆没那么多，到了晚间的八九点钟，你已经很难再找到仍在营业的餐馆、饭店，更没有外卖和方便食品这一说，自己家里如果不开伙做饭，就得饿着肚子睡觉。大杂院里每天家家户户做饭的景象，是人们日常生活中一道很大也是很热闹的场景，人人都在观赏着这场景，每个人自己也都在这场景里，既是观众，又是演员。

北方人爱吃面食是毋庸置疑的。他们觉得米饭是吃不饱或者即便吃了米饭后很快肚子就会饿，北方的土话叫"大米饭不垫饥"。这跟长期的饮食和生活习惯有关。人的胃脏有记忆功能，从小吃习惯了的食物，一生都不会轻易改变。记得有位著名的科学家说过：一个人在20岁之前经常吃的食物，一辈子都会喜欢，也就是说人们的胃脏如同大脑一样记住了这些东西，这与大脑有关但关系不大。从小吃面食长大的北方人，无论走到哪儿，时不时就会有想吃面食类主食的念头，北方人吃的面食主要是各种馒头、面条、烙饼之类的，饱餐一顿面食，心满意足，胃也觉得舒服。偶尔吃一次米饭也可以，但如果长期米饭不断，他们就会心心念念惦记起了北方最具有代表性的主食——馒头。

米饭指的就是大米做的饭，而面食所指的范围比较广，在北方，以小麦为原料做的面食主要有：馒头、包子、面条、饺子、馄饨、锅贴、炉包、花卷、烙饼（油酥火烧、硬面火烧也叫杠子头火烧、锅饼之类），当然还有疙瘩汤、片儿汤、羊肉泡馍之类的地方小吃；用玉米为原料做的有：玉米面饼子、玉米面窝窝头，特别是用大生铁锅贴在锅边上做出来的玉米饼特别香，令人垂涎欲滴；用红薯（地瓜）做的面食有：地瓜面窝窝头、煎饼之类。这些原料不同的面食系列里又有很多种不同的做法，从而带来了北方面食文化的丰富多彩。

上世纪七十年代，我家居住过的北方大杂院里，人们平时吃的主食主要是馒头，这馒头不是南方人说的那种"馒头"，南方人说的馒头里面是有馅儿的，里面是肉馅儿的叫"肉馒头"，里面是菜馅儿的叫"菜馒头"，里面是豆沙馅儿的叫"豆沙馒头"。北方的馒头里是没馅儿的，有馅儿的一律叫"包子"。北方人一直不理解南方人为什么把"包子"叫馒头，那北方的那种馒头你们南方人叫它什么？南方人说：那叫"白馒头"，听着这叫法让北方人诧异。同是中国人，这语言表述差异这么大。那时城市里的粮店、食品店里几乎没有馒头卖，偶尔有得卖，销路也不好，因为家家都会自己做馒头，人们认为粮店、食品店里卖的加工的馒头没有自家做的好吃。

过去粮店里供应的面粉有三种：带麸子磨的黑面粉、标准粉、精白粉。黑面粉并不是真的黑颜色，只是相对标准粉，颜色有些深，划分到了粗粮类，粗粮一般占粮食定量供应里的30%左右，黑面吃起来口感不太好，嗓子细的人说那黑面馒头吃起来拉嗓子，难以下咽。不过那年代定量的粮食不怎么够吃，黑面面粉虽然可以换成玉米面，但相对玉米面粉，黑面粉又算是好吃的了。面粉里最高等级的是精白粉，价格比较贵，结合当年还有工资收入因素，一般都是购买标准粉。面粉分成一等粉、二等粉，那是后来的事情了。

做馒头需要先用酵母，北方称之为"发面引子"，过去只有在粮店里有出售，四分钱一包，够发酵好几锅馒头，用引子和面粉搅拌出少量的面引子，待这些面引子充分发酵后，再放入大量的面粉，揉和成面团，最后揉成馒头形状，还要放在那里"醒"那么几十分钟，然后再放笼屉锅里去用大火来蒸。揉馒头要有耐心，也算是个技术活儿，揉的时间越长，蒸出来的馒头越好吃。记忆中，大杂院里有老人的家庭里，一般都是老奶奶们对这活儿最专业，她们像是厨师长，指挥着家庭里的其他人如何一步一步地揉面蒸馒头。因为馒头是主食，三天两头需要蒸馒头，大杂院里的每个家庭人人都会做馒头，人人都专业，毕竟这是隔三差五必须要做的日常家务活儿之一。刚蒸出锅的馒头大大的，一个个又白又胖，热气腾腾散发着特有的香气，最大限度地保留了小麦的清香，柔软可口，丝毫不亚于加工好的面包，一口咬下去，一种吃到了美食的幸福感会从心底油然升起。

我国北方地区的蒸馒头、吃馒头，可以说是世界范围内一种特有的饮食习惯。据历史文献记载，中国很早以前不产小麦这种可食用粮食，小麦是通过丝绸之路从西域引进中国的一个粮食品种。但中国百姓在使用小麦为原料做出的种种面食品种上，有了很多创意，种类繁多，特别是馒头这种主食，世界上除了中国北方地区外，似乎没有一个国家是以这种大个儿馒头作为一日三餐的主食的。世界各地的各种面包、烙饼之类的，都没有馒头那种特有的口感，面包不完全像馒头，吃的方式也不一样，面包是配奶油和果酱吃的，而吃馒头是一口馒头就一口菜的，北方人吃起馒头来体现出一种豪爽和粗犷的性格，这种中国北方特有的大个馒头是不是可以算国粹，有待专家们去探讨。

大杂院里除了馒头之外，另一个比较特别的面食就数水饺了。现在的人们兴致一来随时都会在家里包水饺，但在过去住大杂院的年代，因为收入水平和食物匮乏的原因，水饺不是经常可以吃的主食，一旦在大杂院里看到谁家在包水饺，一定会有邻居来问：今天是什么日子，不过年不过节的怎么包起了饺子？可见在传统认识里，包水饺有着特殊的含义。一般在春节年三十，家家会包水饺，代表着一个庆贺节日和改善生活的日子。除了节日，有时家里有人要出远门，或有来访的客人要离开，都会包水饺以表欢送的意思，这是一种民间习俗，在北方地区流传已久。如果是很熟的朋友或家人，常常会开玩笑说是今天吃"滚蛋饺子"，这句话是没有半点恶意的一种说笑。我和家人是南方人，来北方后，常听到吃"滚蛋饺子"这一说法，我自以为学会并理解了这句话的全部意思，有一次，父亲的一位南方同学来我家小住了几天，最后要离开的时候，父亲说：我们今天包饺子吃吧。我就无意中自以为是地说了一句："噢，让叔叔吃顿'滚蛋饺子'吧。"哪想父亲的这位南方同学听后，脸都变绿了，对我也就没了好印象。后来知道这"滚蛋饺子"是绝对不能对南方人说的，他们会完全误解了北方人的这句善意的玩笑话。

过去一般家庭里没有绞肉机，包水饺首先要手工剁肉馅儿，大块的肉要在菜板上反复用菜刀来剁，这需要很大的耐心和功夫，也是个累活儿。小时候最怕的事情之一就是正跟大院里伙伴们玩耍到兴头上时，突然听到父亲喊我回家剁肉馅儿，虽然知道这是家务，必须回家去干，但那种沮丧和不情愿无法用语言表达，往往一边剁着肉馅儿，一边噘着嘴、哭丧着脸，像是被别人欺负了或欠了我的钱。大杂院里经常会看到噘了嘴在剁肉馅儿的伙伴们，多数跟我是一样的遭遇，特同情他们。

在大杂院里，只要有人家包起了水饺，不是婚庆就是家里有了什么值得热闹的事情，全家上阵，调馅的调馅儿，揉面擀皮的擀皮，包的包，很是热闹。这时也会有邻居来串门，一看到你们家里包起了饺子，不问事由，就会把袖子一撸，帮忙包了起来。水饺包完，热气腾腾地煮出了锅，最后邻居也就被盛情邀请坐下来一起吃，这种邻里间亲情的不分你我，亲如一家的氛围，如今很难再找到。现在吃水饺也已无所谓什么节庆什么假日，不问理由、不讨缘由，自己包嫌麻烦，随时都可以去饭店里吃一顿，饺子是吃了，胃也得到满足，但过去大杂院里包水饺的热闹气氛，邻里间把包好的水饺"你给我一盘，我给你一碗"的亲密交往已不再现，住过大杂院的人们，对过去的那种记忆一定难以忘怀。

北方大杂院里还有一道美食——熬稀饭，也叫熬粥。在中国，根据地区不同，对粥的叫法和吃粥的习惯是有所区别的。如果按南、北方来分，北方的粥是那种用生的大米、小米来熬制的比较稀的粥，有些时候也放些绿豆和红豆，一般不叫吃粥，都说是喝稀饭，喝稀饭跟北方的主食是馒头有关，稀饭不能当作主食。而南方的粥，多数是用已经做好的隔夜米饭来熬煮，再添加些皮蛋、鸡肉、蔬菜之类，而且加了些调味料。从

喝粥习惯上来说，南方地区喜欢喝咸粥，白粥很少；北方人喝不惯南方的咸粥，偶尔品尝会觉得新鲜，也没觉得不好喝，但时间一长，北方人一定会想念那从小喝到大的不加任何调料的大米和小米稀饭，那种常常想喝一碗稀饭的迫切心情，南方人难以体会和理解。我就遇到过一次，自己很热心地带了一位南方朋友去北方一座城市里很有名的吃水饺喝稀饭的餐馆，结果这位南方朋友最终说了自己的感受——这粥不太好喝，这是典型的饮食文化和习惯上的南北差异。北方人喜欢喝稀饭到了什么程度：大杂院里，到了傍晚，家家都会在炉子上熬一大锅稀饭，大米、小米的稀饭需要长时间地熬，或是放一些食用碱才能熬得糯糯的、又香又可口；玉米稀饭最简单，现做现喝，最为方便。大杂院里，有人下班回来路过邻居家时，看到邻居在熬稀饭，常常会说一句：熬稀饭呢。这句话也代表着一种问候，带有"你好"的意思。记得在刚刚改革开放那会儿，有一次我给中外两个企业的人做翻译，那家国内企业的人在会见来访的外宾时，一见面第一句话突然来了句日常用惯了的"您吃了吗？"还好我反应快，马上翻译成："您好！"后来这个外国人稍微懂了一些中文，就知道了中国人在大街上相遇，如果说了句："吃了吗？"就是"您好"的意思，他就记住了这句话，也打算这样问候其他中国朋友，这时我告诉他，千万别这样说，这说"吃了吗"只能中国人之间互相说，大家理解、明白，一旦从一个外国人嘴里说出来"吃了吗？"中国人一定会觉得特别怪，会懵得不知所措。不过从此，我就把北方人所说的"吃了吗、熬稀饭呢、炒菜呢、包饺子呢……"这些话，对外国人统统都翻译成："您好！"。

过去在北方大杂院，因为居住条件的限制，大家做饭基本都在走廊里，家家门口支一个炉子，炒菜做饭都在那里，邻居家今晚做了些什么

饭菜一目了然。人们在一起做饭炒菜时，走廊也是邻里间互相交流最多的场所。那时对国家和社会的各种新闻的来源不像现在，可以从各种渠道获取，那年代，国家发布的最正式的新闻，是通过每天晚上八点整收音机播放的全国新闻联播来告知全国人民，整整半小时，一点不"拖堂"，八点半用国际歌来结束播报。

大杂院里，每天紧挨着邻居家做饭，有时会突然发现自家橱柜里的酱油和盐已经见了底，不够做这顿饭的量了，就会向邻居家"借"，邻居们也会很热情地拿来给你，这说是借，日后邻居也不会向你讨回，邻里间的相互往来就是这样，叫做：我们过去是"一把韭菜、一把葱"的邻里关系。有时邻居家炖了红烧肉，出锅就给你端来一碗，也是盛情难却，开心地受用，想着日后自家做些好吃的回礼。但奇怪的是，往往邻居送来的好吃饭菜恰恰是你们家从来不做或是很少做的东西，估计邻居也是平时观察，总是拿些对你家来说是少见的菜，让你家尝鲜，这种邻居的用心关照让人感觉到温暖和爱。眼下的小区住宅，家家关起门来有自家的厨房，这是一种更加尊重他人隐私的社会进步，但这种社会环境的变化，也会使人与人之间本该有的某种亲密关系变得疏远，不知这是不是人类希望追求的独来独往的生活方式和目标。

大杂院里的做饭趣事还有许多许多，比如春节前的炸麻花、做卡子（用木制模具制出来的带有一些有趣图案的馒头）、熏腊肉、做虾酱，等等，都是你家知道我家做了些什么，我家知道你家做了些什么，没什么秘密，更会公开告知各种做饭、炒菜的配方，没人藏起来作为自己的专利，大杂院里做饭的故事真是一个值得怀念、值得回忆的珍贵资料。

这正是：袅袅炊烟升，饭香飘院庭；锅碗交响曲，浓浓邻里情。

大杂院的故事 8 ——絮棉

某冬日晚上做了个梦,梦见寒风凛冽中自己光着膀子露着腿,居然不觉得冷。醒来后才发现,原来是一团厚厚的棉被贴在身上。

用棉花做棉被、棉衣,这个过去常用的语言表述现在已经很少出现,特别是在城市里,很多需要用棉花来做的保暖衣服、棉被之类的保暖日用品早已被羽绒、蚕丝、纤维等新型材料所取代,虽然一部分人还是对棉花情有独钟,但已是小众,为数不多了。我国棉花产量最大的是西北地区,以新疆为最多,占了我国棉花产量的50%左右,是跟粮食作物相提并论的农作物。国家在对农作物的称呼上,总是说"粮棉政策、粮棉产量",足可见其举足轻重的地位。现在的棉花用途已经基本上是供给纺织厂用来纺棉线和织棉布为主了。

过去住北方大杂院的年代,家家户户睡觉盖的棉被、身上穿的棉衣,除了很富有的人家用价格较贵的丝绸外,几乎都是用棉花来做的,人们冬天御寒保暖穿的棉袄商店里有的卖,但很多人嫌其质量不佳,

或者棉袄的大小也不太合适，自己买来棉花做棉袄就是常有的事了。

那个年代常常能看到每家每户在大院里絮棉被或做棉袄的场景，这些絮棉被、做棉袄的活儿基本都是各家各户作为女主人的大婶、大妈、老奶奶们来干的，很少看到有大叔、大爷干这事儿。如果哪天有个老大爷趴地上在絮棉被，人们会觉得好奇，那会被围观，家务事里男女有别，只要跟棉花沾了边，那就是女人家的事儿。之所以养成这些絮棉被、做棉袄的习惯，可能是因为过去城市里的很多家庭，虽然生活在城市里，但多数人在日常生活中的观念和生活习惯基本上是半农村、半城市化的状态，这反映在家家都会自己做棉袄、做棉被上。又如，家里用砖砌了火炕，睡着舒服，这也是典型的农村生活习惯；也有把睡觉的床垫得比较高，床底下用来储物；还有习惯用矮茶几当桌子，一家人围在一起，坐小板凳上吃饭，这些都是过去农村的生活习惯。

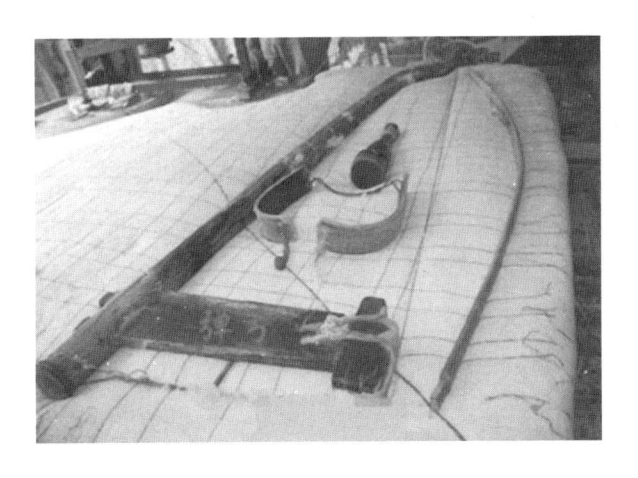

那个年代，市场上出售的棉花要凭票供应，商店里卷好了论斤两卖。在北方地区，商店里基本没有成型的棉花胎出售，人们只能把纯棉花一卷一卷地买回来，根据需要来絮棉被或是做棉袄，这跟南方地区去商店里买棉花胎回来直接缝成棉被有很大的不同。北方人家家户户的衣橱顶上都会有好几卷棉花的储存，跟柴米油盐酱醋一样是家里不可缺的常备品。一斤棉花好大一卷，体积特别大。看到了棉花，有时老人会心血来潮考考家里的小学生：一斤棉花和一斤铁，哪个重。回答：一斤铁重。这样的孩子就会被嗤笑，我倒觉得那孩子挺可爱，这不是笨，是他（她）还没学到物理课，也是天真，天真的孩子往往长大后会更有出息。

一般是在秋、冬季，如果碰到一个好天气，大杂院里的大婶、大妈或老奶奶们就会在院子里的地上铺一张很大的席子，然后铺上准备做棉被用的被里子，先在被里子的正中央将一小块儿棉花固定住，然后再平

整好被里子布，就从中心固定好的那块儿棉花开始一点一点地往上铺棉花了，那些夹杂着阳光味道的一大坨又软又暖的棉花慢慢地变成了平摊开的一条被子的面积，整条被子的棉花铺好后，又开始把剩余的棉花撕成一小块儿一小块儿的，往铺的棉花比较薄的地方补，想要补得均匀要有点耐心，铺均匀了棉花的棉被日后盖在身上才会舒服。冬天用的被子棉花厚一些，春秋或夏季用的被子棉花薄些，根据需要来选择，但最重要的是整条被子的棉花铺得一定要均匀，所以叫"絮"棉被。这细功夫活儿，多数男人不行，很少有那耐心。

　　整条被子的棉花絮均匀后，就要在上面铺被面。过去人们对这被面的质量和花色很有些讲究，有素被面和艳被面之分，根据各人喜好来定。家里没什么大的喜庆事，一般都会用相对素一些的被面，多数是带了些小花的印花布料，用绸缎被面的是比较富裕或比较讲究的人家，绸缎布料比印花布要贵些，有时买到了很称心的缎子被面，暂时会不舍得用，压在了箱底，时常拿出来瞧瞧，心满意足开心一阵。

　　用新棉花做新被，一般是家里有了什么重要的喜庆之事，比如女儿出嫁，娘家需要拿出陪嫁之物。在北方地区，过去女方陪嫁的嫁妆里，棉被是最主要的陪嫁物之一，嫁妆里，棉被的多少代表着陪嫁物品数量的多和少，一般少则四条，多则八条，陪嫁了够用一辈子的棉

被，这一条一条的新棉被，基本都是当母亲的或长辈们手工来絮来缝的。大院里看到大婶、老奶奶在用新棉花絮棉被，那被面又是特别的鲜艳，甚至用了好绸缎被面，那基本是她家闺女的婚事已成，在准备陪嫁的嫁妆了，这是家里人花了心血准备女儿嫁妆的一种温暖的体现。新婚被子不可以用旧棉花，这是中国人的一种老传统，新人新嫁妆，新嫁妆体现在新被上。待嫁的女儿陪嫁被子的数量多，是很值得自豪的事情，这种观念，过去在北方地区特别被认可。

但是一般情况下，大院里看到的絮被子，多数是把旧被子翻新。家里盖的被子时间长了，有时会在被子里对着灯一看，局部透亮，透了亮说明这里的棉花跑了位，那被子就会东一块儿厚、西一块儿薄，透亮的地方等于只盖了薄薄的两层布，已不太保暖，里面的棉花像一块儿一块儿的"石头"，这时就需要把这"石头块儿"样的棉被拆了重新翻新。

结了块儿的棉花"石头"，需要把那棉花重新打松，让它恢复近似原先的弹性，打松棉花不是自己能干的，这就有了一个专门的职业——弹棉花。走街串巷弹棉花的工匠是手艺人，跟剃头匠、磨剪刀、锔锅碗瓢盆的手艺人差不多，生意总是应接不暇。弹棉花是一种有着古老传统的老手艺，如今的城市里已经不多见，但是五十岁以上的人都会对"弹棉花"有着清晰的记忆，老远闻声，就知道谁家在弹棉花了。随着那一声声的弦响、一片片花飞，最后把一堆像"石头"一样成块的棉花弹得松散起来，仿佛就是一种魔术，让人们惊讶不已。现在的人们也常常拿弹棉花来比喻两人对话时的鸡跟鸭讲，"我跟你在谈话呢，你怎么像跟我在弹棉花一般"，形容的就是两人对话时的一方答非所问或推来推去的场景。

在外行人的眼里，弹棉花是个很有趣的事情，而这些工具也挺有特色。有一把专门的弹棉花的弓，根据个人的习惯可长可短，通过用木槌

头敲击弓上的弦,来沾取棉花,把棉花慢慢打松拼成方形,我们在老远就能听到的弹棉花的标志性声响就是由它们发出来的。这就是弹棉花最基本的工具,把旧棉花弹松都要靠这个"弓"。"檀木榔头,杉木梢;金鸡叫,雪花飘",这是弹棉花工匠们对自己手艺的一种形象的诠释,也是人们对弹棉花手艺人的劳动最为形象的比喻。弹棉花不仅费力也是个精细活,敲弓的时候要花大力气,而"上线"则是细致的工作,有时他们会耍上一个小小的手势花样,一条棉被就慢慢具雏形了。最后再经过多次的压、磨,一整套工序下来,一条暖暖的棉被就在手艺人的手中完成。从弹、拼到拉线、磨平,看似简单,做起来却也挺费时间,一天也就不过能弹上一两条。从上世纪末起,弹棉花这个老手艺就已经慢慢地淡出了人们的视线,因为羽绒和化纤被的兴起,人们家里盖的,已经不仅仅是棉絮棉胎,还有各种各样羽绒被、腈纶被、九孔被,对于这些方便、简单又保暖的被子,大多数人还是比较认同的。同时机械化工厂里生产的被子,从生产效率上来说也是手艺人的几十倍,工业化的发展往往是从手工艺进步到手工业,再从手工业发展到工业化,大凡如此。弹棉花的这些手艺人和技术,随着社会的进步和工业化的发展而被动消失,在城市里,弹棉花已经成为了一种过往的历史记忆。

　　这旧被翻新也好,新棉被也好,不像现在的被子外面有被套,被套脏了把它一拆,洗干净再套上那么

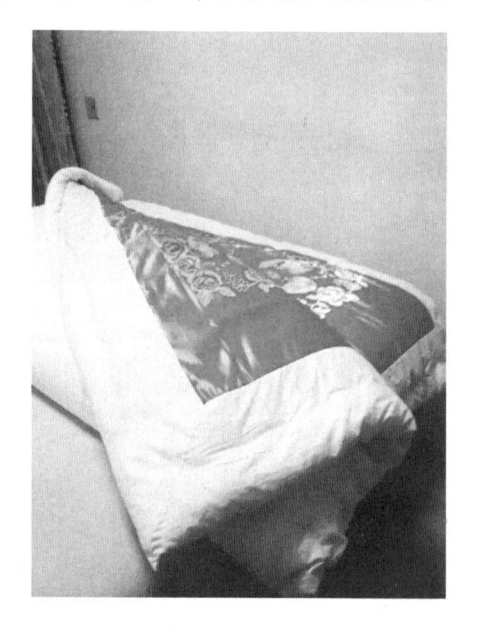

简单。过去的棉被拆一次、缝一次都是比较麻烦的，人们想出了缝制个"被头"的方法，就是在被子的上端缝上一长条比较容易拆洗的布，脏了只拆"被头"不拆被，省事了许多。我家用两条毛巾做"被头"，冬天里，"被头"蹭在脸上暖暖的，不凉，很多人家都会在棉被上缝个"被头"，不知你还有这记忆吗？

做棉被还算简单，把棉花仔细地铺一个平面，缝制成被子即可。我最佩服的是会絮棉袄、絮棉裤的大婶、老奶奶们。穿身上的东西，既要把棉花絮得特别均匀还要有型，这就不是一般人都能干的活儿了。做棉袄，首先要裁剪好棉袄的后片，将其铺在床上，看上去像是一个人把手张开的形状，在这后片的上面均匀地铺开棉花，铺好后把前片缝制上，更要用针线把棉花固定住，否则这棉袄穿久了上面部分的棉花都会跑到了下面底部处，身上的棉袄就变成了一个上小下大的喇叭裙了。每逢春节过年的时候，小孩子如果身上穿了件母亲亲手缝制的新棉袄，会到处去串门给人看，特别是绸缎面的棉袄，自豪得很。棉袄是不容易再次拆、再次缝的，为了防止棉袄的表面弄脏，多数都会在棉袄外面套一件外套，北方把棉袄外面的单衣叫"棉袄外套"，南方叫"棉袄照衫"，叫法不同，东西一样，就像是现在的被套一样，只洗外套不洗棉袄。身上穿了棉袄，人的身体看上去会臃肿，份量又比较重，上世纪末就已经被羽绒和纤维的保暖衣所取代，但很多人还是会把羽绒服叫做棉袄，明明就是羽绒服怎么还叫棉袄呢？对一种物件和一个事情称呼惯了，短时间内很难改，这也可以延伸到我们现在的城市建设虽然建设速度非常之快，快得使人惊叹不已，但人们意识里的东西，很多难以跟上时代的发展，我们现在的生活环境里每天都会遇到些老观念和新观念、老叫法和新叫法的碰撞，"与时俱进"说的就是希望人们的意识、观念能够随着社会的发展、环境的改变而与之同步，但这非常难，这才有了希望能"与时俱进"的说法。

就连"马路"这一古老的词语，经过了几个世纪都没有改称为"汽车路"，就是这道理，世上很多观念、意识的变更是需要时间的，很多事情，欲速则不达。

新棉被、新棉袄做好，盖在身上、穿在身上，御寒保暖，会让人激动好几天，那种惬意很难用形象而具体的语言来表达。记得我在读小学的时候，有一年冬季来临，母亲买了棉花，开始给我做新的棉袄。我兴奋得每天观察着新棉袄的进度，今天多了个袖子，明天多了个领子，我心急如焚，又不知如何表现，就不停地帮家里提水、扫地。终于有一天，新棉袄做好了，母亲让我穿上试试，大小正合适，但我又舍不得当时就穿，生怕破坏了它的"新"，盼着大年初一早些到来。年三十的晚上，很多小朋友已经迫不及待地穿上新衣服在外面玩，我不舍得穿，一定要坚持住，等到大年初一的早晨再穿新棉袄，这已经很能说明那个年代得到一件新棉袄的激动、珍惜和幸福感。现在的物质极其丰富，但却好像少有了过去贫穷年代得到一件心仪之物的幸福感，不知是好是坏。

过去的年代，由于很多新型保暖材料未被发现，也有经济原因，保暖的材料基本都是靠棉花，棉花的用途除了做棉被、棉袄和棉裤之外，还有很多用途，如做棉帽子、棉鞋、棉手套。北方的很多商场，冬天来临，门口都有棉帘子，也有过去走街串巷卖冰棍的会用一个木箱子，里面四周衬上棉花，再用塑料薄膜把棉花封住，冰棍放在木箱里就可以走街串巷去叫卖，可见过去用棉花来做保温材料还是非常广泛的。

大杂院里的絮棉被、做棉袄，已成为过往烟云，我们的生活环境和生活状态在不知不觉中改变着，棉袄一词，再过些时间可能会在人们日常的会话里逐渐消失，只作为一个对曾经经历过的年代的一种回忆，回忆历史有时也会给我们带来某种心情的愉悦。

这正是：世间有冷暖，四季转温寒；岁月匆匆过，难忘一絮棉。

大杂院的故事 9 ——阁楼

人们都把不可能实现的事物称为"空中楼阁",我这里讲的"阁楼"可是实实在在存在的东西。

现在的人们对阁楼的认识和理解,一般都是指那种房子的层高比较高,又是楼房的顶层,在居住的屋子上面另外再装修了一层房间。阁楼层的面积跟下面屋子面积差不多相同,换个说法,下面房屋的面积有多大,上面的阁楼面积就有多大,这种阁楼,一定是要斜坡屋顶的那种楼房才可以改建,阁楼里的房顶也是个斜面,中间高的地方可以站直了人,在屋顶斜坡上开扇窗户可以射进阳光和打开换气,再从下面房间的顶棚开个洞,架一个简易的楼梯就可以方便上下了。阁楼的拥有,几乎是扩大了一倍的房屋居住面积,也带来了别有一番景象的居住乐趣。那些复式楼房的二楼,不是我们通常称的阁楼,那是上下两层的复式建筑,被认为是所谓的"豪宅",跟"阁楼"是两个不同的概念。反过来,即便拥有了阁楼,也称不上是复式建筑。

但是,在上世纪六七十年代北方地区人们居住的大杂院里,我们所说

的阁楼可没有现在这么奢侈、这么豪华,那时的人们完全是因为家庭居住房间的狭小,不得不另辟蹊径,搭建一个扩大栖身的面积。那时的阁楼一般都是利用居住的高度相对比较高的老式房屋,在房间里往上部空间搭建一个可以在上面睡觉的阁楼,那年代搭建阁楼非常普遍,南方把这叫"阁楼",北方一般叫做"吊铺",也有少数人把它称作"阁楼"。多数的吊铺没有窗,只是在上面睡觉或储物罢了。大家是否还有记忆,去朋友或邻居家里串门聊天,跟对方说着话,突然从上面吊铺传来的插话声会把你吓一跳,原来上面吊铺还躺着他们的家里人呢,你也就开始仰着头跟上面的人说话,别有一番景象。

  记忆中,上世纪六十年代到八十年代,中国城市里多数家庭的居住条件是比较艰苦的,一般家庭都是只有一间房子,有里外两间的,哪怕是两间都不大,那也算是比较好的居住条件了。进入八十年代,在一些单位里,有人能分配到里、外套间的房子,但为数不多,多数的家庭还是只拥有一间房,小的七八平方米,大的也就二十几平方米,吃喝拉撒睡都在这一间房子里。当年的人均居住面积一般在六七平方算是不错的家庭了。那时我国经济最发达,也是全国最大的城市——上海,对住房面积有过粗略的统计,上海人均居住面积在四平方米左右,这是住房的人均值。也就是说,有的家庭居住面积连人均四平方米都达不到,一家四口人,居住在八平方米的房间里也是非常普遍的,著名作家六六所写的小说《蜗居》,讲的就是上海居住狭小房间的市井故事。如此狭小的居住面积,如果房间的高度不够,无法再往上延伸,房间里要搭个"吊铺"也就无从谈起,全家人只能拥挤地居住在一起。这么小的房间,摆两张大床已经充斥了房间的三分之二以上,父母的床和儿女的床之间用一块儿布帘子遮挡分隔的情况非常普遍。这是当年中国人家庭居住条件的真实写照，四五十岁以上的人一定对过去的那种住房狭小的窘迫环境记忆深刻。

这时，家里房子比较高的居民，就自然想到了往上部空间去发展，在现有的房间内再搭一个可以睡人的吊铺，几乎是每个家庭都会想到的事情。其实现在城市里的所谓高架路建设，跟过去在房间里搭"吊铺"是一个道理，地面道路的拥挤带来了只能向上层空间要面积的想法。

过去北方大杂院里住户的居住条件、居住面积，相比上海的很多蜗居房要稍微好一些，但也好不了多少。当时有一句流行的口号是"全国一盘棋"，住房也不例外，那个年代全国城市里的居住条件基本都差不多，人均居住面积稍微大一些的城市也好不到哪里去，跟现在百姓普遍的居住条件有着天壤之别，不可同日而语。中国改革开放后的四十年，特别是后二十年，国家对住房政策的调整，对于国民居住条件的普遍改善，有目共睹，可谓翻天覆地，世界范围罕见。

吊铺的搭建，不是所有的家庭都有这个能耐，搭吊铺是需要明白些建筑学的原理和具备点铁匠、木匠技术的，吊铺上面如果打算睡人，搭吊铺的材料就要够结实，绝不能建成"豆腐渣工程"，一旦吊铺塌陷，人命关天。自己家里有能搭吊铺的人，那就会自己筹备材料搭建；自己家里人如果没有这技能，只能去请那些会搭吊铺的朋友来帮忙，那年代的朋友之间都不讲金钱，帮朋友的忙是不惜代价的，对能来帮忙搭吊铺的朋友，在家里招待吃顿饭足矣，以后朋友有难再回帮，有点江湖的味道。其实"朋友"一词本身，多少就有些江湖的含义，只是现在的社会环境中，利益味道扑面而来，很多朋友之间的关系"与时俱进"地带上了利益色彩，所谓的朋友关系，很多都变了味儿。

家里搭建吊铺，首先要准备搭建的材料，横梁跨度大的吊铺，需要工字钢这类特别坚固的材料，差一点的材料也得用比

较粗的圆钢管，跨度小的横梁可以用硬杂木，上面的平面需要一些比较结实、硬实的木板材，用床铺木板的比较多见。这些材料在普通的建材商店里很难买到，人们就各显神通，有些是稍微花点钱，在工厂里购买旧车间拆下来可以处理给职工的废旧钢材和木料，用这些厂房里拆下来的旧材料来搭吊铺足够坚实了；也有的人是想办法买通了工厂大门口传达室的大爷，把厂里的原材料直接"免费"拉回了家。前者是多数还是后者为多数，无法考究，但那个年代，这种各显神通的事是一种很普遍的社会现象，是那个年代的一种特色，无须回避。

过去在我家居住的大杂院里，对门邻居是一位大型工厂里的八级工木匠师傅，姓孙。木匠工种里八级工到顶，木料只要放他手里便无所不能，技术特别高超。据说他在厂里是木工班班长，全厂木工活儿的"大拿"。他的儿子跟我是同学，那孙师傅就是我的长辈，我就叫他孙叔。后来，因为我特别喜欢木匠活儿这门手艺，在大院里一旦看到孙叔在休息日做各种各样的家具，我就常常蹲在那里跟他学技术，慢慢地我们之间就有了一些木工技术方面的交流，后来我的很多木工技术基本功都是来自于他的赐教。慢慢地我自己的木工活儿也有了长进，比如破木开荒、锯材刨料、打铆开榫、拼接研缝、施胶扎架，都有了孙师傅那手艺把式的影子，他也愿意把我当成了一个业余徒弟，我跟孙叔之间也有了那么点莫逆之交的味道。

孙师傅的家里也是就那么一间半房间，所谓一间半，就是真正的房间只有一间，大约不到二十平方米大小，另外的半间是利用了门外的走廊，做了木隔断，是只够洗菜烧饭用的一间小厨房。孙师傅家里有三个孩子，两男一女，两张大床的摆放已经占了房间的一半，全家人挤在了一间房里，孩子大了，尤其是女儿也大了的时候，就不得不向高度的空间发展，就搭起了吊铺。某个周日，孙师傅自己一人开始

搭建起了吊铺，我绝不能错过这难得的学习机会，跑去给他一会儿递块木料，一会儿送个钉子什么的，"偷学"起了他搭建吊铺的技术，直到现在，八级木匠的孙师傅一个人搭建吊铺的场景历历在目，仍记忆犹新。

当年我们家的居住面积也很小，也是那么一间半房，依稀记得那年我十五岁，读初中二年级，跟弟弟挤一张大床，当时最大的奢望就是什么时候我自己能拥有一张单独的床，现在想来那是最基本的一种生活要求，这也反映了当年的孩子们对美好生活向往的一个侧面。我跟父亲说，我们家也搭个吊铺，我想在上面单独睡觉，父亲欣然同意，但接着又像似问我又像似问自己的说：找谁来帮我们家搭这个吊铺呢？我说我自己来搭，父亲用充满怀疑的眼光瞄了我一眼，说："这怎么行，吊铺你要睡在上面，是要很结实才行，别搞成'纸糊'的，日后会塌，那可不是闹着玩的事儿。"我说："你只管备料，这搭建的活儿就交给我了，其实我在孙师傅那里'偷学'了搭吊铺的技术，心里有了八九成底。"

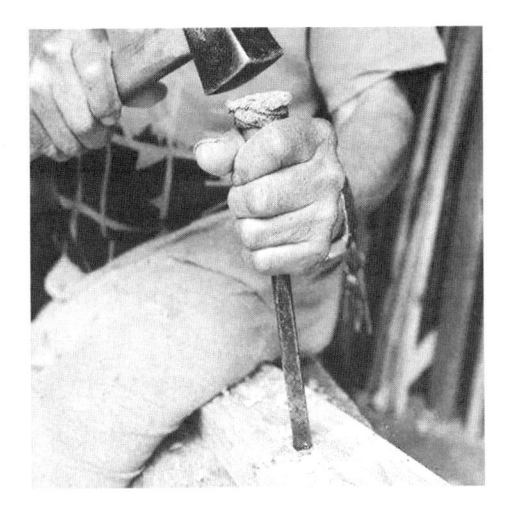

当年我对木工活儿的热衷，到了很疯狂的地步，那疯狂的程度很难让人理解，自从十岁开始给家里钉了一个小板凳开始就一发不可收拾。那时没有现在的百安居建材超市这类可以买到各种木工工具的地方，要想买到些木工工具的配件，只有到一个全国统一叫作"五金商店"的地方，买来些锯片和刨刀，自己做各种工具。记得在读初中一年级的时候，经过了几年的制作和积攒，我已经拥有了几乎所有做木工所需的工具，有爱好木工的同学来我家，我拿出各种木工工具如数家珍，看得同学们投来无数羡慕的眼光。研缝用的缝刨子、镜台面用的镜刨子、曲线刨子、破荒料用的大锯、割锅盖的弯锯，这些宝贝工具保留至今，仍不舍得轻易丢弃，每一件工具都有着过去那个年代的种种痕迹，也附带着那个年代无穷无尽的有趣故事。

我给父亲悉数开出了搭建吊铺用材料的清单，父亲也是真的有能耐，不到一礼拜就把搭建吊铺用的木料从厂里买回了家。这些材料主要是些可以搭吊铺横梁用的柚木（属硬杂木）和一些硬木铺板。在一个星期日的早上，我开始了搭建吊铺的"工程"，父亲用怀疑的眼光帮我打着下手，看着这个自称木匠的熊孩子究竟能不能把这吊铺搭起来。我看到父亲时不时余光瞟着对门孙师傅家，我猜他的心思是实在不行就去叫邻居孙师傅过来帮忙。父亲用余光瞟着邻居家，我用余光瞟着父亲，心里暗暗想着一定要让父亲把那瞟着邻居家的余光彻底地收回来。

我搭建的吊铺宽度相对比较小，不需要那种大的工字钢或圆钢管，比较粗的柚木梁已足够承重。在墙上开凿打洞，将柚木梁埋入墙里，一共埋了四根横梁，然后用线绳把四根横梁吊了线，让四根横梁的高低处于一个水平面，再将木楔子打入了墙里，把横梁死死地固定住。这一打木楔子，四根横梁就会高低移动而失去了原来的水平面，反复地测量，反复地用木楔子找平衡，终于把四根横梁既水平、又牢固地紧紧植入了墙内，又在横梁靠墙处加了固定于墙上的角铁支撑，使横梁牢固得像是种在了墙里，成为了一体。活儿干到这里，像是搞房屋建筑时地基打好了，就有了些许成就感，经过自己的努力完成了"工程"的一部分，像是一种庆贺，也像是一种"小屁孩"儿装大人似的显摆能耐。

吊铺基础的横梁固定好，已是晌午时分，父亲因一直在帮我递木料打下手，就没顾得上做午饭，说是我们去附近的青岛饭店吃饭吧。进了饭店后，父亲点了三盘炒菜，我知道父亲这是为了犒劳搭建吊铺的儿子，奢侈了一把，作为对儿子的奖赏。吃饭时，父亲总让我多吃，说是吃少了下午继续干活没劲儿，像是一种表扬和鼓励，我也不客气地接受，那"熊孩子"有点像一个大腕儿演员的架势。

我读中学时学习不

好，文化课门门不及格，从来没有因为数理化哪门考了及格成绩回家被父亲表扬过，每次学校里发了成绩单拿回家，看到父母的脸拉得老长，像铁板一块儿，吓得我总是心惊胆战，大气不敢出、小气不敢喘。而得到表扬最多的只是帮家里干了活儿，特别是父亲他自己干不了的活。这是不是一个人学生时代的本末倒置？我觉得是。那年代，我是把生活颠倒了，不管是主动的还是被动的。今天因为给家里搭吊铺，一不小心又被表扬了。

下午开始在吊铺横梁上铺木板，因为下面是居住的空间，这铺木板要严密些，不能留缝隙，防止吊铺往下掉东西。木板先一块儿块儿拼接好但不固定，齐头划好线，拿下来把一块儿块儿的木板用木锯锯齐，然后正式把木板铺好，固定到横梁上使其不能活动。吊铺的前脸用了些废旧的木板重新刨光翻新，做成了带有装饰性的木制隔断，又加了扇能移动的拉门。为了便于人上下，吊铺下做了三级踩着能上下的脚蹬，就像火车的卧铺车厢里上下卧铺用的那种脚蹬。

吊铺的搭建算是基本完工，我踩着脚蹬上下几次，觉得没了问题，开始收拾工具。这时发现邻居孙师傅站在我家门口，看着刚搭建好的吊铺，像是在验收我这徒弟花费了一天时间搭建的吊铺是否合格，我也等待着八级木匠孙师傅给吊铺打分。我文化课从来没及格过，不知这搭吊铺的水平和工艺能不能及格，因为崇拜师傅，也在意师傅的评价，心里就有了一种惴惴不安的期待，最后孙师傅告诉我，总体来说，吊铺的结构和工艺都算及格，只是固定脚蹬支架和铺板的螺丝用的过小，吊铺这东西不是静物，上面要承重和睡人，人的上下都会对吊铺的各处施压，时间久了，过小的螺丝会松动，就会带来安全隐患。我听后恍然大悟，师傅就是师傅，这不就是说的一个产品要经久耐用的道理嘛。孙师傅点到要害的指正，对我一生受用，我常常拿这事举一反三，直到参加工作后，对所有制作的东西，都在零部件上留出让其能长时间使用而不损坏的余地，既要考虑美观性，又要考虑坚固性和耐久性。又延伸到了日常与人交往，跟人约定见面，不是也要留出时间的余量，不要迟到才好吗？人的一生，有专业人士给予意见和指点是多么的重要，他们的某个好观点、某句经典话、某个合理的建议，都可让你享用一生。我感谢大杂院里的木匠师傅——孙叔，也感谢我自己学了木匠手艺。

那天吊铺搭建完工，父亲在吊铺上给我铺了被褥，放了个小桌子，方便搁杂物，我第一次睡到了吊铺上，有一种居高临下的感觉，从吊铺上往下看，家里的所有家具都可以被自上而下俯视，原来的平视角度被改变了，这是没有睡过那种老房子里吊铺的人很难体会到的一种有趣感受。从那以后，我每次坐火车或坐轮船都愿意买上铺，上铺的最大好处就是可以让你对一切周围景象都从高处着眼，也可以延伸到有助于我们对人世间一切事物都从俯视的角度去观察、去思考。

搭建阁楼是贫穷年代的产物，我们不希望回到过去的贫穷，也不希望回到过去住房的狭小。但要感谢过去年代由于贫穷和住房的狭小，给我们带来的各种为了窘迫的生活而不断挣扎，从而迸发出的各种智慧，经历了贫穷、经历了艰辛，才会更加懂得现今生活的幸福和安逸。

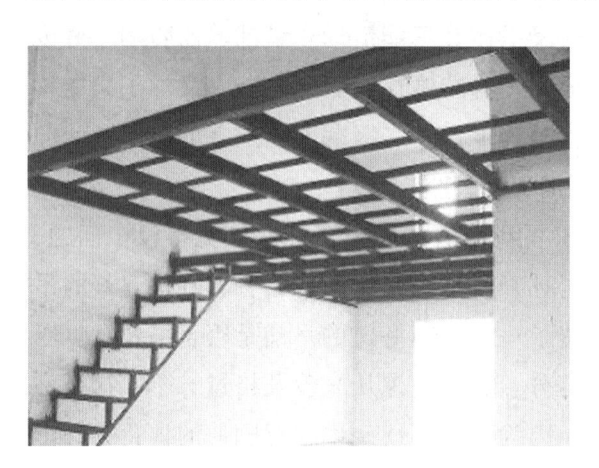

这正是：陋室空间促，巧手搭吊铺；广厦千万间，犹思一蜗居。

大杂院的故事 *10* ——共用厕所

一位知青作家在描写他插队时面对空旷原野时的感受，说："天多大，地多大，厕所就有多大。"但如果他来到人口密集的大杂院，这样的感觉恐怕就荡然无存了。

虽然厕所是人们日常生活中时时刻刻都离不开的生活设施之一，但迟迟不敢下笔去写它，既怕写得过于真实会使人看了大倒胃口，又怕写得只蹭了点皮毛又失去了真实性和趣味性，几次起念执笔，又放弃；再起念，再放弃，始终把这题目的叙述搁置到了很远的角落里，似乎在躲避着什么邪恶之事，轻易不愿意去碰触。直到前几日，有位好友看了我叙述的大杂院里杂七杂八的故事后，再三提醒我，在记述过往的大杂院故事里，无论如何不可缺的就是那个年代大杂院里最具脏、乱、差典型特征的共用厕所，这才又一次唤起了我要去写那个始终回避着的主题的想法。

过去，很多北方人把厕所不叫厕所，更不叫卫生间或洗手间，而是统称为"茅房"。那我就顺应着过去大杂院里的这种叫法，也把厕所称为往事记忆之一的"茅房"吧。这个话题原本比较

难说，人们大都不愿意在公共场合去提及，但它既然是人类生活中离不开的一件事情，我们也就必须理性地、现实地去面对它，毕竟"吃喝拉撒睡，行立坐卧走"是人类生存的基本需求嘛。

起先对茅房一词的定义，指的是用茅草来搭建的简陋房屋，中国人历来比较注重"进"而不太注重"出"，灶台是要砌在正房里的，厕所用茅草盖的简陋房就可以应付了事，这就是茅房的起源。古时候，人们有时会在茅房门口写上对联，比较著名的有：上联：天下英雄豪杰到此俯首称臣；下联：世间贞烈女子进来宽衣解裙，横批：天地正气。可见人们调侃茅房的事由来已久。

北方地区称厕所为"茅房"，南方地区也同样有对厕所的俗称，叫"茅厕"，厕所里的便池称为"茅坑"。现在随着社会的发展，居民楼房的兴建，生活环境有了极大的改善，人们似乎开始觉得再把厕所叫做茅房会显得有些"土"，为了甩掉那"土"的称号，人们也都改称茅房为厕所或洗手间，渐渐地，城市里的人们就把茅房这个古老的习惯用语摒弃或淡忘了。

我过去居住的大杂院里，一共有三十六户人家，居住着这么多户人家的大院里只有一处男茅房，在大院一楼的一个角落里；有一处女茅房，设在了大院的二楼。男、女茅房里分别各有三个蹲坑，蹲坑和蹲坑之间用砖砌了隔断墙，前面没有门的半敞开式。三十六户人家，就算平均每户五口人，大院里总共有大约一百八十人，即便男、女人数对半开，男人九十人，才三个蹲坑；女人九十人，也只有三个蹲坑，可见茅房蹲坑的数量少得可怜，跟大院里的居住人数极其不匹配，不够用是毫无疑问的。据说在一九四零年建这个大院的时候，并不是为了百姓居住，而是为了一家瑞士银行而建，完全没有预计到解放后会被当作居民大院来使用，更没想到会住进了数量这么多的住户。因为大院里茅房蹲坑不够用，再想多建一个已无处可建，只能作罢，大院里的住户就只能克服重重的如厕困难，将就着生活。倒是那个年代首当其冲重视的是"进"而并非是"出"，这也是万幸。大院里的茅房蹲坑不够用的短板一直延续了几十年的时间，直到后来遇到旧城改造拆迁了大院。那时大院里的住户家家都备有尿壶、尿桶、尿盆，家里不备这些东西很难正常过日子，跟南方人家家备有马桶有些雷同，又不太一样。新搬进大院里来的住户，一开始总是恨死了这臭气熏天、如厕又常常要排队的脏兮兮的茅房，但既安家于此大院，也只能无奈地忍受，慢慢地也就变得习惯和麻木了，毕竟麻木是在艰苦和不尽人意的环境里生存下去的最好对策。大院里这最难进入的茅房，是当年相当一部分在北方城市里生活的中国百姓们普遍遇到的生存窘境的真实写照。

那个年代城市大院里的茅房不设有化粪池，茅房里只是个茅坑，因为茅坑底部不通下水道，茅房就没有安装可以冲刷茅坑的自来水管道，有些大院里的茅房虽然接有自来水管并安装了水龙头，但这种死坑不能往里冲水。所以过去大杂院的茅房里有没有接自来水没什么大的区别，即便有水龙头，自来水只能供接回家用，或只是便后洗手，跟茅坑没啥关系。对茅坑积存的丰厚的粪便，隔个三五日，会有属于环卫局管辖的掏粪工来大院里分别去男女茅房掏了挑走，据说是集中起来卖给各地农民当农田肥料，环卫局有收入进账。

我小时候读书时受到的教育讲到掏粪工是一个非常光荣的职业，对环卫局的掏粪工，人们非常尊重，记得读小学时，班里老师问同学们将来长大后的伟大志向是什么时，就有同学举手说长大了要当一名受人尊敬的掏粪工，老师会对这名同学大加赞赏，说他思想健康、积极进取，将来一定有大出息。看到老师表扬这些同学，我也举手，口口声声保证长大后去当那掏粪工，但真到了要就业的时候自己心里就变了卦。

因为过去大院茅房里的茅坑不通下水道，不能冲水，不像农村的茅坑是在露天挖了个坑，四周仅仅围了个篱笆遮挡而上面通天的那种，大院里的茅房又是在室内，很少安装排气扇，臭气散发不出去。时间一长茅房里的粪臭和氨气混合的味道弥漫，常常是一进大院茅房，被那浓重的粪臭味和氨气味刺激得睁不开眼睛，捏着鼻子眯着眼睛进大院茅房的表情是常态，几乎人人如此，想去大杂院里的茅房要做好充分的思想准备，酝酿再三去还是不去，但有时内急不由人，也就只能硬着头皮往里闯。人类大脑对气味的记忆有一大特点，香味记忆浅，臭味记忆深，鼻子闻过了的臭味一时半会儿散不去，去一次大院里的茅房，会几个小时的嗅觉不自在，回家要用香皂反复洗好几遍手，再点根香冲冲味儿才行。

　　大院里臭气熏天的茅房的另一难耐之处，是由于长年对地面清扫不及时，上面极其滑，滑得一点都不输给溜冰场，再加上茅房里的照明灯泡不知什么原因总是坏掉，黑咕隆咚黢黑一片，进门一不当心就会滑跤摔倒，总要拿着手电筒或手举蜡烛照亮。大院里的住户在这里生活时间长了，也就大体知道了茅房里是险象环生，格外注意，进门脚步的走法基本都是小步挪动，步步扎实，像一个初进溜冰场的人，尽量扶着墙谨慎前行。年轻人还能将就，对上了年纪的老年人来说就要更加小心，茅房里四处没个扶手，没处去抓，地下一滑，人一晃就会站不稳，连走正常路面都需小心谨慎的老年人，很多只得由家里子女伴随，搀扶着挪步进出。只要有老年人要去大院茅房，老伴总会说一句：快去，茅房地滑，扶着你爸（扶着你妈），别摔着。有点恐怖的感觉，但这又是生活现实。

　　大院里茅房蹲坑太少，时常需要排队如厕，尤其是女茅房，早上排队如厕便是家常便饭，对那些一大早急着要去上班的人，这队是排不起的，站在那里排得时间一长，就开始催起了茅房里面如厕的邻居："快点啊，急着上班呢！"里面正在如厕的人被这喊声催急了，也被催得耐不住性子了，回了外面排队的人："催吃催喝哪有摧屎尿的，等着，马上就好。"等着就等着吧，但老不见人出来。这里外的人各自把持着自己的理，想着自己所想，急着自己所急，站在门外死命催的人，内急憋得一边哆嗦一边跺脚，嘴里还不断嘟囔着："这谁盖的房子，缺了大德，盖这房子的不是人，他们自己是不是只进不出啊。"过去住大杂院时的类似这种生活上的窘态，数在大院里如厕这桩事情上反映得最为强烈。很多年后，大院拆迁，分到了补偿的回迁楼房，住房得到了改善，搬进新居的那一刻，最感叹的可能并不是房屋面积的扩大，而是欣慰终于有了自己家里的厕所，再也不用为那臭气熏天的公共厕所而每日苦恼了。

设在一楼角落里的男厕所里的灯泡常常会损坏，印象当中有灯照亮的日子屈指可数，多数是一到了晚间如厕，就必须拿着手电筒照着亮进出，但那个年代并不是家家都备有手电筒，有也最多一个，有时家里有人把手电筒拿出去做了别的用，那要去茅房就没了临时照明工具，大家只能各显神通，各想办法，照亮的目的是既要防滑，还要躲着"地雷"。有点蜡烛的，有拉火柴的，有进门点着一张纸安全上了蹲坑了事的。我记得去大院茅房最沮丧和最尴尬的一次是去的时候拿着手电筒照了亮，但如厕时一不小心把手电筒掉进了茅坑，黑灯瞎火里绝望地只能小步谨慎地摸着黑往外走，走着走着又与进门的大爷突然撞了个满怀，连着惊吓，一屁股滑倒在了地上，半天没能站得起来，后来回到家又洗衣服又疗伤，从此这大院茅房在我意识里就成了个大魔鬼，惧怕了三分。

大院里的孩子们总是与大人不同，顽皮性十足，为了上茅房能照亮，常常在夜晚黢黑一片的茅房里点着了拾来的沥青纸，然后把能燃的东西都往火堆里添，成了一堆很大的篝火，照得整个茅房通明锃亮，有了创意就有了开心，看着冉冉的篝火上着茅房，好一个热闹。突然有大人进来，呵斥了几句，孩子们也就提着裤子一溜烟地跑走了，任那剩余的篝火燃烧，好在大院里的茅房是水泥墙，如果是那种简陋的茅草房，早把这茅房给一锅端了。

上茅房，有时会遇到隔坑来了位关系比较好的邻居，这就"海内存知己，天涯若比邻"地聊上了，从聊着收音机里听到的国内形势一片大好，一直聊到国际形势错综复杂，但一切帝国主义和修正主义必然会灭亡；也从煤炭价格聊到了粮食价格，又从粮食价格聊到了蔬菜行情，都像是国务院总理似的，关心着国家大事，评论着世界新闻；偶尔也会讲些冷笑话，说是生活就像蹲茅坑，明明你已经很努力了，结果就是个屁，还是个不响的屁。百姓语言里充满了俗，但人们现实的生活里也缺不了这些俗，这才是百姓生活中的真实写照。聊着聊着，还要不时地驱赶着那往眼前飞来的苍蝇，苍蝇不分落点，谁知道它是不是刚刚落在了哪坨屎上，恶心至极。聊着国家大事、说着家长里短，鼻子闻着臭，心里却是甜的，不知不觉地蹲坑已经有那么个把小时了，最后两人都蹲得两腿发麻，下不了蹲坑，也就同时哈哈大笑起来，弯着腰挪着麻木的双腿走出了茅房。现在才悟出道理来，很多中国人外出旅游，那疲惫的长途跋涉，马不停蹄地逛一个景点接一个景点，使得总有一部分人累得再也走不动，两腿像灌了铅，就蹲下来休息片刻。原来国人的蹲功是从小练就的，童子功夫，不可小觑。

上世纪六七十年代的北方大杂院里，上茅房的窘境几乎都是相似的，院子里住户少的会好很多，起码不用每每如厕就要排队，但臭气熏天和地面较滑的情况也基本都是"五十步笑百步的"水平，去朋友家串门，如果要去大院茅房解手，先要问清主人家，这大院里的茅房是什么情况。也记得来我们家里玩耍的朋友和小住的亲戚一旦要去大院茅房，总是要事先叮嘱他们大院茅房的险象，人生地不熟，担心滑倒出什么意外，待他们拿着手电筒平安回来，我们也会放了心地舒一口气。但也有朋友安全回来后，主人像是代表了全大院居民似的给他们道歉，说是我们大院的茅房条件太差，实在不好意思，朋友听后反而乐呵呵地说，没事儿没事儿，比我们那大院好得多了。我的天，还有比我们大院茅房条件更差的大院吗？还是海涵了我们？不得而知。总之，那个年代大杂院里的茅房也算得上是生活里很不尽人意的设施之一。

为了把此篇迟迟不愿碰触的主题写得真实些，写得更加贴近生活，如果所用词语给读者带来心理的不适，本人郑重道歉。

这正是：有进就有出，无人能免俗；诸位忍不适，共思甘与苦。

大杂院的故事 11 ——乘凉

炎炎夏日的傍晚，北京胡同的大爷独自仰在躺椅眯着眼，摇着蒲扇哼着曲，那惬意劲儿在北方地区过去的大杂院里也能见到。不过，大杂院里的人更多的时候还是集体在外纳凉。

几十年前家里没有空调，到了夏季，人们傍晚都会出去乘凉，也有的地方称作纳凉。"乘凉"这个词现在好像已经很少有人再使用，正在被慢慢地淡忘，现在的年轻人更是难以想象就在不远的四五十年前，一到炎热的夏季，人们去马路上乘凉的普遍习惯和乘凉人群的热闹程度。如今炎炎夏日，虽然也是高温难耐，但城市里居住的人们几乎家家安装了空调，随时都可保持着居家房间里凉爽舒适的室温；也因现在的住房条件改善，人们住在了高楼，即便是闷热的傍晚，再要外出去乘凉可能已不如呆在家里更加舒适惬意；也跟电视的普及有关，电视节目把多数的人们拴在了家里不愿外出，小区里和周边马路再也没了过去一到晚间都跑来聚堆乘凉聊天的密密麻麻的人群和热闹的氛围，这"乘

凉"一词也就慢慢地随着时代的变化和社会的发展而被冷落到了某个不知的角落里。

上世纪的六七十年代,空调这个现在听起来再普通不过的家用电器在中国的家庭里是极少能见到的,几乎没听说过哪个家庭拥有这东西,空调的逐渐普及也就是在上世纪九十年代初的事。那个年代,一到炎热的夏季,特别是晴天,白天处处闷热,走到哪儿都是滚滚热浪扑面而来,为数不多的一部分家庭里拥有的电风扇也只能是吹了些暖暖的微风,解不了四处弥漫的热气,整个城市像座烧透了的砖窑,热得使人喘不过气来,只有到了傍晚才会变成有了那么一丝清凉的世界。过去北方大杂院的老式房子窗户少而小,一到夏天,家里闷热不堪,吃罢晚饭,老老少少去大院里或者马路上乘凉就成为一种共同的选择。

乘凉是个书面说法,北方地区一般在口语里是说:乘个风凉,或是:去院子里、马路上凉快儿凉快儿。到了夏日,大院的人们出去凉快儿凉快儿的这一说辞里含有一边出去乘凉、一边去跟邻居们聊个天儿的意思,中国话复杂就复杂在这里,说话的场景不同,话里面的含义会有些微妙的变化。炎热的夏日,一般到了傍晚六七点钟,大院里吃完晚饭搁下了筷子的人家就有人开始陆陆续续抱着草席子、搬着板凳和躺椅、拿着大蒲扇来到院子,但多数又是去了门口的大马路上,铺了草席,支了躺椅乘起了夏日傍晚的风凉儿。伴随着夕阳的慢慢落下,天也渐渐地黑下来,聚堆乘凉的人们越来越多,那乘凉的阵势简直可以申请吉尼斯世界纪录。宽宽的一条大马路,黑压压的都是乘凉的人,在昏暗的路灯下,分不出这家那家,看不清男人女人、大人小孩,成了一个凉席、板凳、躺椅,甚至支起了行军床(帆布床)、扇着芭蕉扇的热闹世界,那真叫一个壮观,现在的夏日,哪里还能见到过去这种特有的

风景？

中国人编织凉席已有非常悠久的历史，从久远的古代就已开始出现。中国人在古代是习惯于席地而坐的，现代中文里的"主席"一词，就是由此而来。人们在铺了席子的地方盘腿而坐，坐在中间主要位置的那个人就被称作"主席"。中国人后来通过从西洋传来的各种文明和起居文化，由席地而坐的习惯逐渐地改为使用凳子椅子，慢慢地，全面普及了凳椅。据历史文献记载，汉武帝使用的凉席是用最昂贵的象牙而做，那是中国凉席的最高等级，可见中国人使用凉席的历史悠久、古代的手工艺发达。民间百姓使用的凉席一般是竹席、藤席和草席，南、北方有所不同，在南方，因地取材，竹席、藤席比较常见，而在北方，百姓用的一般都是草席，草席是用灯心草、马兰草为原料的席草编织而成，跟南方的竹席不太一样，虽没有竹席、藤席耐用，但物美价廉，卷起来收纳也方便，用时一伸便可平整地铺开，大小有双人和单人的不同，这是过去家家必备的床上用品之一。人们一般会把在家里铺床上的席子和外出乘凉用的席子区分开。铺席子乘凉的好处是一张席子往地上一铺，上面可以坐很多人，一家老小坐上面，是一个临时的自家地盘，别人过来坐坐要征得主人的同意，也像是邻里间的串门。

躺椅是清代才有的物件，是人们在生活上逐渐富足之后对日常家具的不断追求，细分了家具的用途而设计出的一种休闲时可供躺卧的椅子，后来逐渐改良成了折叠躺椅，便于收纳。躺椅可以

用各种材料来做，南方最多的是竹躺椅，北方帆布躺椅更多一些，都可以折叠，平时不用时收起来放于家里的某个角落，乘凉时搬出来展开，躺在上面乘凉甚是惬意。不过躺椅在一般情况下是一家之长或者是家里唱主角的人躺在上面的居多，看上去有点"老爷"的派头。由于躺椅这种较传统的椅子更能让人放松，处于半睡的状态，可以得到全身的放松和休息，就成为了人们在休闲时非常喜欢使用的一款家具。古代对躺椅也有其他的别称：逍遥椅、贵妃椅和春椅。

　　过去所谓的乘凉，是成年人利用夏日的傍晚休闲和交流的时光，谈谈邻里间的家长里短，生活上的柴米油盐，总有说不完的话题，这也是孩子们课余最享受的时刻。有主妇坐在凉席上织着毛衣的，有大叔给孩子们讲着故事的，有哥们儿凑一起谈着国内外形势的，有当妈的给躺在席子上睡着了的孩子扇着凉风、驱赶着蚊虫的，也有些稍大的孩子给比他们小的孩子们贩卖着老师在地理课上讲的知识，现学现卖地指给他们看七颗星组成的北斗，指着天空说哪一颗是金星、哪一颗是火星，还有银河、牛郎星、织女星，煞有介事地演绎着牛郎织女的故事。

　　我们大院里有个小伙伴姓龚，我们都管他爸叫龚叔，听大人们说龚叔是市卫生局办公室的秘书，很会写写画画。龚叔文学天赋比较高，书看得多，文学底子厚，上通天文下知地理，写了一手好文章。每天晚饭后，龚叔就会端着一大茶缸刚冲泡好的茉莉花茶，拿了把竹椅出来乘凉，等孩子们围拢过来，就开始给我们讲起了《西游记》的故事，一个晚上只讲故事里的两个章节。龚叔自己说，他是每天晚上睡觉前看上两回，第二天出来乘凉时，就把前一天晚上看过的那两回讲给孩子们听，天天如此，如果哪天龚叔出来乘凉时说今天没得讲了，那就是昨晚龚叔有事或身体不舒服，早躺下了没看书，孩子们只得失望地四处散去，等到明天傍晚再来听。那个年代，白天都是听著名评书大师曹灿老师讲的《向阳院的故事》，在我们大院里，孩子们都觉得龚叔讲的《西游记》比曹灿老师说的评书《向阳院的故事》还要精彩，可能是跟故事内容有关，也可能跟龚叔讲得有趣有关，所以大家每晚企盼着龚叔的出现就像盼星星盼月亮，早早地吃完饭就拿着小板凳出来等待着龚叔的到来。记得那时我读小学，正是最喜欢听这类妖魔鬼怪故事的年龄，一旦龚叔从大院门出来，孩子们哗地一下子围上去，等着龚叔选地方坐下，我们人手一个的小板凳也就放到了挨近他的周围，龚叔就问："昨天讲到哪一回了?"大家就回答讲到哪一回了，龚叔便知道了这群孩子都是昨天听过故事的那一拨儿，就开始讲起了昨天说的"且听下回分解"的这下一回。我一直认为我们大院里的龚叔不去广播电台说评书、讲故事真是太可惜了，做什么卫生局的干部啊。听故事的孩子们都觉得龚叔讲得一点都不比曹灿老师差，跟著名评书大师单田方也差不到哪去，只是单田方拿的是折扇，龚叔拿的是大大的芭蕉扇罢了。长大后我自己读《西游记》全本的时候，脑子里出现的全是当年龚叔讲故事的身影。有时龚叔的故事讲着讲着，我父亲就端着一盆在家里切好的西瓜拿下来分给听故事的人吃，孩子们刚要动手去拿西瓜，父亲带了些严厉地说：吃东西要先让长辈，何况人家龚叔还是那么辛苦地给你们讲着故事。孩子们就都把手缩了回去，让着龚叔，父亲把我和小伙伴们一起就这样给教育了，这也是那个年代父辈们对孩子的教育会出现在各个地方各个场合的一个写照。

过了无数天，龚叔把《西游记》都讲完了，他说他另外再找一本去读，读完后再来讲给我们听。在这个傍晚乘凉时没故事听的空档里，我们就觉得没了乐趣，后来见到另一堆比我们大些的孩子们也在围成一圈听着马大爷讲故事，我们就凑了过去，才知马大爷讲的是解放前上海霞飞路一号的鬼怪故事，

我们听着听着觉得这鬼怪故事也刺激，鬼最吓人的地方是无所不在而又无人见过。大头鬼、小头鬼、吊死鬼、饿死鬼活灵活现，个个青面獠牙，勾魂夺魄。听鬼怪故事是既爱又怕，越怕就越想听下去知道究竟，而讲故事的马大爷总是在关键的时刻卖起了关子，说等等，"我得卷根烟抽"，我们沉浸在刚才的故事里，谁也不敢出声，等着他卷完纸烟继续讲下去。夜渐渐深了，凉风习习吹来，乘凉的人们开始陆陆续续回家去睡觉，可我们还在听鬼怪故事，四周黑黢黢的，萤火虫在不远不近的地方忽闪忽闪，仿佛那鬼就在暗处盯着我们，我不敢远看，而且身体越来越向别人靠紧，最后非得拉住邻居大哥的手一起回家不可，这一夜总会被鬼闹得久久不能入睡。

　　每晚乘凉几乎总能看到大院里刘大爷和梁大爷在昏暗的路灯下摆上了棋盘下象棋。我从小也喜欢下象棋，但棋艺总是没长进，就常常去他们那里观棋。这刘大爷和梁大爷两人都是象棋高手，据说在区里象棋比赛总能拿个名次什么的，常常有很多邻居和马路上过路的象棋爱好者就围观上了。这下棋的人坐着，属于当局者；观棋的人站着，属于局外人。局外人往往比对弈的当局者看得清，看着他们迟迟不动棋子，站着的人就急了，总会给一方支招，又有对面站着的人给这方支招，这棋下着下着就变成了不是当事人在下而是两组人在对阵。接了高手支招赢了棋的刘大爷就乐呵呵的点起了烟，嘴里还嘟囔着，"怎么样，老梁，不服就再杀一盘"，听了这挑逗的话，输了棋的梁大爷就一下子上了火，怪罪起了站在自己身后给支了臭招的人："说好了观棋别多嘴，多嘴别观棋的，你话就是多，你这臭棋还给我支招，我自己走早赢了。"后面的人听了也不服气，"我是在你快'死'的时候把死马当活马医给你支的招，不支那高招你'死'得更快。"这梁大爷火就更大了："谁快死了，谁快死了，我看是你活不长了。"这话里就带上了浓重的火药味儿，两人就对骂上了，原本快乐地下棋变成怒气地打架，最后梁大爷把棋盘一掀，不下了，就拎起马扎子一脸不快地回家去睡觉了，这路灯下的对弈也就不欢而散。夏日昏暗的路灯下这类情况时有发生，一旦没了下棋的人影，人们就估摸着今天又是那谁惹着谁了，这也是当年夏日乘凉百姓们市井生活的一个场景。

　　扇着扇子乘着凉，很多人会把白天单位里听到的小道消息很神秘地说给同在乘凉的邻里听，邻居的头点得跟波浪鼓似的说着"你放心，这事儿烂我肚子里，到此为止。"但是过了几天，又有其他邻居把同样的小道消息传回了前几天晚上最早开始说这事的人，这才知道，这话只要一说出去，那是锁不住的，答应你把这消息烂肚子里的人其实答应得痛快是为了让你能快点说给他听，听过之后，早把答应人家把话烂肚子里的许诺忘到了九霄云外，也就传给了下一个邻居，这样一传十，十传百，你只要跟一个邻居说了，没几天全大院的人都知道了这事儿。

　　乘凉时，大人们坐在了草席和躺椅上乘着凉聊着天，小孩子们是坐不住的，男孩子们就趁天黑玩起了藏猫儿（躲猫猫），快乐的东藏西躲，但也有哪个孩子躲着躲着就真的不见了踪影，那是被人"抓住"了几次后，最后干脆就躲回了家里。这让其他孩子们去哪儿找，直找得孩子们以为他真的是藏到了什么难找之处，越难找越要找到，满头大汗玩了命地去搜寻，岂知那逃跑的孩子跑回了家里被父母一呵斥，

锁住了门不让他再出去，也就只好一万个不情愿悻悻地洗洗上床睡觉了，早忘了外面还有同伴在拼命找他而结束不了那场游戏。女孩子们相对安稳，在地上用滑石画出了方格跳起了方块儿，也有的用线绳翻着棉单（翻线绳游戏），还有的猜着各种谜语，或者坐在草席上帮着母亲绕起了毛线球，算是一边乘凉一边帮家里做了家务。

过去城市道路上跑的汽车数量不多，大白天普通的两车道大马路都不会堵车，夜间除了公交汽车和电车外，单位里很少再有工作外出的车，私家车绝无仅有，拥有率几乎为零，偶尔有一辆行驶的汽车路过，一定会开着锃亮刺眼的远光大灯，谨慎地行使。所有的司机都是最惧怕马路上乘凉的一堆一堆看也看不清的人群，特别是开进了小路，满马路的乘凉人坐着躺着，驾驶员都是胆战心惊地按着喇叭慢慢前行，人们也是看到由远而近的刺眼大灯照射过来，赶紧把草席和躺椅挪去了路边，邻里间互相提醒着躲避驶来的汽车，那年代汽车虽少，但白天道路上的交通事故也时有发生，倒是很少听说过夜晚谁在马路上乘着凉突然被驶来的汽车撞上，这是不是越是危险的地方越是安全？可能有点道理，交通事故的发生多数往往都是出在了疏忽大意上。

夏季是雷阵雨的专利，有时乘着凉，天空突然飘下了零星雨点，人们就急忙收席子折躺椅，紧三火四地往家跑，躲避着可能要来临的雷阵雨，刚才还热热闹闹的乘凉大军瞬间就跑得无影无踪，变得一片寂静。一阵大雨之后，天气也变得凉爽许多，天色已晚，

即使雨停，人们也不再愿意出动，就呆在了家里，准备洗洗睡觉了，刚才讲了一半的故事也就自动地变成了"且听下回分解"了。

这正是：避暑有妙方，夜短故事长；谈笑风生里，心静自然凉。

大杂院的故事 12 ——洗澡

几十年前,农村的池塘清澈干净,男孩子们天天光着屁股像一条条鱼似的在里面游玩嬉戏,天然的大澡堂让城市大杂院里的孩子们羡慕不已。洗澡,实在是大杂院里男女老少的一件愁事。

古代将洗澡称之为沐浴,比喻身体受到润泽,也含有洗澡的人沉浸在某种舒适的环境中。《周礼·天官·宫人》中就描写道:"宫人掌王之六寝之修,为其井匽,除其不蠲,去其恶臭,共王之沐浴。"古代最注重洗澡的事情有两种情况。一是诸侯、大臣朝见天子前都得先洗头洗澡,大臣要洁净身体之后再去上朝议政,以示对皇上的崇敬之意,这是礼;不洗澡而上朝,是非礼。据历史文献记载,到了秦汉时期,洗澡慢慢成为了一种习惯,官府甚至每五天给一天假,称为"休沐"。后来到了明代,朝廷有了专门的沐浴管理机构"混堂司",类似现在的"文明办",有指导和管理的义务,但没有执法权。二是寺庙里比较注重洗澡,把洗澡叫做"戒"。祀神祭祖之前都要沐浴净身,这已是个定法,表示内心要洁净虔诚,称之戒,亦称为斋戒。斋戒之礼始于殷商时代,至西周已成定制,西周的戒礼十分隆重和考究,每逢重大的祭祀活动前一般

要进行两次斋戒，第一次在祭前十日或三日举行叫"戒"，第二次在祭前三日或一日进行叫"宿"，均由专职官员主持一定的仪式，要求与祭者禁食荤腥，并沐浴净身，以示对神灵的一种肃敬。斋戒沐浴已是西周朝廷祭祀礼仪的重要组成部分。

对于洗澡之事，著名文人梁实秋先生也曾描写过："我们中国人一向是把洗澡当作一件大事的。"可见中国人自古以来很注重洗澡这件事情。上世纪五十年代初，"洗澡"一词又有了另一种延伸意思，大家可以通过杨绛先生的长篇小说《洗澡》来了解。

现在居住在城市里的人们已经不会再为如何洗澡或如何寻找洗澡的场所而烦恼，几乎家家都有独立的浴室，再差也会在卫生间里装一个热水器来淋浴。只要不是炎热的夏季，多数人会两三天即洗一次，干净、讲究的人每天在睡前都会洗澡。到了夏季，更有人每日早晚各洗一次。即便在寒冷的冬天，也可以每天洗，浴室里装有浴霸、暖气等，不会在洗澡时感到寒冷。洗澡条件的改善让现代人视洗澡为常态，就如每日的洗脸刷牙一般。哪天家里因故停了水或热水器出了故障不能洗澡，会很不习惯。这样一说，现在的洗澡问题也就不是什么大不了的事了，根本成不了什么特别的话题。

但是，要知道在距现在四五十年前的上世纪六七十年代，洗澡是个老大不小的问题。就拿我们家居住的大杂院来说，住房条件都比较差，谁家也没有单独的卫生间，更谈不上在家里安装淋浴洗澡。

那个年代，如果是参加了工作，就业在工矿企业里的，一般都会有工厂内部的浴室，我们把它叫做职工澡堂，下班后可以在那里洗个澡再回家；但工作在机关、学校、商店里的职工就没了那个条件，尤其是正在学校读书的孩子们，那他们洗澡怎么办？只能在自己家里勉强凑合着洗

或去街道上的公共浴室。家里大人如果在哪个工厂上班，单位里有职工澡堂，就会隔三差五将孩子带去那里洗澡，但前提是你要跟看澡堂子的大妈、大爷搞好关系，否则人家不会轻易让你带孩子进去。有时也会听到大院里的人跟关系比较好的邻居说："走，跟我去我们厂澡堂子洗澡吧，我跟看澡堂子的大爷关系好着呢。"邻居都会万分感激地跟着去了，蹭了个外快。

在家里洗澡，没有淋浴，只能用一个比较大的木制洗澡盆，放些水在里面，然后坐在木盆里洗澡。木盆盆口一般是直径70~80公分大小，高度也就是15~18公分，是比较浅的木澡盆，现在电影里常看到的那种很大很深的洗澡木桶是根本见不到的。洗澡用水特别多，家里没有自家单独的水龙头，所有的用水都要从大院里唯一的一个共用的水龙头接水再拎回家，虽然自来水算是供得上，但拎得多了也是个挺吃力的活儿。洗澡需要热水，夏季好办些，不用很多的热水，尤其对男人来说，凉水也能凑合着洗。到了冬季，就一定要先用火炉烧热水，但一壶热水最多也只有三升左右，倒进木盆里跟凉水一兑，远远不够洗澡用的量，就得用水壶烧开了热水先灌到热水瓶里，存好了那么四五暖瓶，再烧开一壶，加上那几个热水瓶里的热水一起倒进木盆里，然后兑上凉水放足了一盆，就可以开始在这木制的澡盆里洗澡了。

家里往往只要有一个大人洗澡，全家人都要离开屋子去外面等，男人们抽着烟去了大院里或马路上逛一圈，女人们就去院子里找邻居聊天，被问今天怎么这么得空

闲，就会说家里谁谁在洗澡，出来避避，正好来聊个天。邻居这就明白，茶水、瓜子招待上了，又问你家里热水够不够，不够的话从我家拿几暖瓶去，热水有着呢。

　　用木盆洗澡时，只能蜷缩其身委屈其中，腿不得直腰不得伸，真是坐也不是，蹲也不好，站也不行，让人无法尽情施展。加之木盆本身不够大，盛水又不够多，污垢皮屑被肥皂洗去后，仍在盆里，如果不另用清水淋之，出浴后很难说是达到了"出淤泥而不染"，也只能说是洗洗就比不洗强的水平。而且大冬天的，一盆水洗着洗着便凉了，让人冷得咬牙切齿，浑身颤抖，但也无处找人再加些热水，就这么凑合着用半温不凉的水洗罢后，赶紧起来擦干了事。不仅说不上是享受，简直就是自找苦吃，这种情形，自然会使人们感到在家里洗澡是一种负担和麻烦，仅仅只是为了除其污垢而已，洗澡的次数也就自然而然地减少了。用木盆洗完澡，这一大盆的水需要倒掉，大院里的住房一般都没有下水道，需要把这一大盆水倒进脏水桶里然后去大院的共用厕所倒掉，大木盆一个人端不动，就扯着嗓门喊来出去逛街和串门的家里人，两人端着大木盆将水倒进脏水桶里，这圆圆的大木盆里盛了一盆水，两人各抬一边往往端不稳，常常就把水洒了一地，又慌忙的拿起拖把和抹布擦地，生怕擦得迟了，这水会顺着地板缝漏到了楼下人家，引来邻里纠纷。忙完后出了一身汗，这澡也就算白洗了。这是那个年代在家里洗澡常会发生的一种场景。

　　那个年代在家里洗澡是如此艰辛，就成全了城市里公共浴室的生意，人们会定期地去公共浴室洗澡，特别是逢年过节前的那段时间，一处是理发店，另一处则是公共浴室，人满为患。

　　我家大院附近有一家坐落在十字路口拐角处叫做"三新楼"的公共浴室，当时大家都称它为"三新澡堂"。据说三新楼浴室成立于1912年，当时正值辛亥革命取得成功，起名叫三新楼的寓意是：国新、店新、人新,其中人新指的是店员新和客人新。这家三新楼浴室的服务水平和设施从一开始就定位很高,楼盖得挺像样,白色木窗框镶了花玻璃。大楼总共三层,三楼是贵宾层,含有雅座、官座、盆浴、淋浴,还有高档单间供当时有钱的商人和政府官员休闲谈事,普通百姓一般都是去一楼和二楼,但每一层楼都设有修脚、搓背、理发、吹风甚至推拿等服务项目,还有衣服快洗、品茶等配套服务。一楼至三楼有一部伸缩式铁栅栏门的老式电梯,我每次去三新楼洗澡,最开心的要属乘电梯上楼,比洗澡本身都开心,那年代,电梯是极其稀有的设施,小孩子乘电梯时的开心程度,恐怕绝不亚于现在的孩子去儿童游乐场,这种豪华的设施和服务配套,在当时应该算是一枝独秀了。

那时我还小,记得每到冬季,特别是过年之前,父亲就会带我去这家三新楼浴室洗澡,因为中国人有个古老的传统习惯:不洗澡不能过年。每到年前,三新楼的生意都会非常火爆,来洗澡的人多得有时在门外排起了长队,大家都期待着在浴室里那个盛满热水的大池子里泡泡澡。现在偶尔也还能遇到跟四五十年前排队进公共浴室的情况如出一辙的现象,前几年的一个冬天,我在上海浦东新开张的"极乐汤大浴场"门口就看到了长长的队伍,出来一波儿,进去一波儿,也可谓是人们洗澡排队的盛况。现在的公共浴室排队进入,并非是人们没处洗澡,而是现在的公共浴室里普遍设计得漂亮,设施齐全,能体验到在家体验不到的舒服,完全称得上是去享受,但也说明中国人钟情于"公共澡堂子"的习惯生根在了潜意识里,不会轻易改变。

过去那个年代还没有沐浴液,去三新楼浴室泡澡要自己随身带着肥皂,如果忘记带肥皂,里面有售小块儿的,3分钱一块儿,仅够一次洗澡用。带块儿香皂去算是比较讲究的了，一块儿香皂足可以使满屋子飘散香味儿，让周围的人羡慕不已。毛巾不用自己带，浴室里提供，但也有人特别讲究，带一块儿自家毛巾专门用来洗脸。浴室进门得先买洗澡票，两角钱一个人，小孩一角，属于儿童半价。进门男士女士各分两边，男浴室进了门再掀开一道棉帘，马上会有一位肩上搭了一块儿白毛巾、上了点年纪的店堂师傅迎了过来，跟过去饭店里跑堂的一个架势，面带着笑容客气地就招呼上了："来啦您，里边请！"随手一个花式动作从老远扔一块儿雪白的热毛巾正中你怀里，使你一进门就感觉到了一种服务行业热情有余的亲切感，别有一番特色。店堂师傅会把你引到一个有隔断的休息间去，进了休息间，两边贴着隔断墙各有一个单人床，三新楼的休息间很像火车的卧铺车厢，只是这里没有上铺，这床暂时就属于你的地盘，既是放衣服处，又是洗完澡后可以躺着休息的地方。最早跟着父亲一起去的时候，我还小，个子不高，进门买的是儿童半票（一角），所以就没有单独的床给你，只能蹭父亲的床，床铺上铺着雪白干净的白毛巾，还给备好了枕头和干净的毛巾被，在我印象里，三新楼的休息床是那么的洁白，那么的干净，至今仍记忆犹新。脱下来的衣服扔床上就可以进浴室洗澡了。虽然休息间是敞开式的，但衣服物品放床上也不必担心被偷，也没有防贼意识，记得当时墙上也没有贴着什么"贵重物品请存放前台，丢失概不负责"这种警示牌。

　　开门走进澡堂子，一股湿漉漉的热气扑面而来，蒸汽弥漫着整个澡堂间，慢慢移步摸索着往里走，冲了淋浴就往热水池子去，用脚先试探了试探水温热度才敢下池，池子里静静地泡了一会澡，逐渐适应了蒸汽腾腾的浴室，这才有点看清了热水池四周已坐满了泡澡的人，一个个隐隐约约的模糊人影只露出了头部，身子都藏在了水下。再低头仔

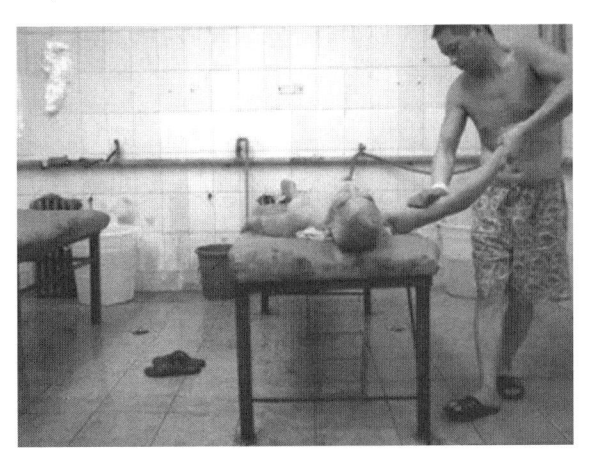

细一看，这热水池的水是浑汤的，用现在人们的眼光和标准来看，这池子里的热水是有点脏，但那个年代，人们泡澡时对这种浑汤已经习以为常，也没觉得特别奇怪或特别不能接受，毕竟泡着舒服才是优先选择。

听到父亲在蒸汽弥漫看不清周围人脸的不远处喊我，我就慢慢地挪着小碎步，循着喊声往那个方向走去，终于看清了父亲正在那里被一位师傅按在一个简易的小床上搓澡。搓澡师傅娴熟地给父亲搓着身上的泥灰，有时用力有时轻柔，带了些杂耍艺术动作，看得我又好奇又惊叹。

中国的搓澡文化自古以来就一直存在，洗澡时拿毛巾或搓澡巾给人除去身上的污垢泥灰叫做搓澡，也叫擦背。搓澡习惯盛行于北方地区，南方地区天气热出汗多，澡洗得勤，加上公共浴室本来就少，就不太有搓澡的习惯。据说搓澡文化的起源来自于古代皇宫，最早是宫内的妃子要让自己的皮肤干净洁白，会找太医来为自己搓澡，太医在热水里放进一些中药材浸泡，妃子泡了澡后，太医会拿着搓澡布一寸一寸地把身体表皮下的污垢搓洗出来，让人看起来皮肤更加白皙。后来一位扬州的太医回到原籍后，把这种搓澡的方法发扬光大，传授给了周围同行，一直延续至今，就有了我们现在都知道的搓澡技术最好的是扬州人的说法。即便我们现在去休闲浴室洗澡，给客人搓澡的师傅多数都是来自扬州的，甚至有浴室打出广告，本浴室拥有扬州搓澡师。

父亲跟正在给他搓澡的师傅好像很熟，一边聊着天一边享受着搓澡的舒服。后来父亲告诉我，搓澡师傅不是每个人都有好的技术，他每次都找这个师傅搓澡，是因为他的技术特好，搓的时候既不疼又搓得干净，让他搓澡的时候还会有按摩的手法，很有一番搓澡套路。父亲说以前让一个年轻搓澡师傅给搓过，把皮肤都搓破了也没搓下什么东西来，那年轻的搓澡师傅虽然也认真，但没有天分，搓得不太专业，肯定是个半路出家的搓澡师傅。我听着似懂非懂，反正我是不搓，怕师傅把我的皮给搓破了，长大后屡次去澡堂子，也从来不去搓澡，生怕遇到父亲说的那种半路出家的搓澡师傅。

　　从热气腾腾的浴室里走出来，马上感到一股清凉之气迎面而来，倍感舒服。可能是为了保持浴室里面的温度，一般所有窗户都是密闭的，只有偶尔进出的客人开了门才可以稍微换换气，其实浴室里面是有些缺氧的，偶尔听说有人在公共浴室里洗着洗着"晕了堂子"，那恐怕就是缺氧造成的。

　　回到了我们"自己的地盘"，还没等坐下，店堂师傅又把一块儿蒸得热气腾腾的白毛巾一甩飘了过来，擦完脸才发现对面床铺与我们几乎同时去了浴室的那位上了些年纪的大爷还没出来，就觉得我们是不是洗得太快，洗得不对啊。澡洗得舒服，就躺在舒适的休息床上睡了一觉，过了好长时间，对面床铺的大爷手臂搭着毛巾拿着肥皂盒终于回来了。父亲问他，你怎么进去洗了这么长时间啊，大爷答："这'几百年'不洗一次澡，好不容易大老远的来到三新楼，不得好好地洗洗、泡泡、搓搓啊。"敢情儿人都是一样的，来三新楼澡堂子都是抱着认真洗澡、充分享受的心理而来。大爷躺下后喊了声："师傅，来一壶茉莉花茶。"那边答着："好勒！"这茶一会儿就给端上来了。我问父亲，你怎么不叫壶茶啊，父亲悄声地跟我说："他们这里净是茉莉花茶，茉莉花茶都不用好茶叶，是次级茶叶用茉莉花来提香，故意让你喝不出茶叶的真正味道，回家我们喝家里的绿茶。"人们对概念的理解，往往是先入为主，从此我就尽量躲避着茉莉花茶了。现在想来，家长对孩子的各种启蒙、引导、教育，会在一些日常生活中不知不觉地对孩子产生影响，为什么说父母是孩子的第一启蒙老师，就是这个道理吧。有时连他们

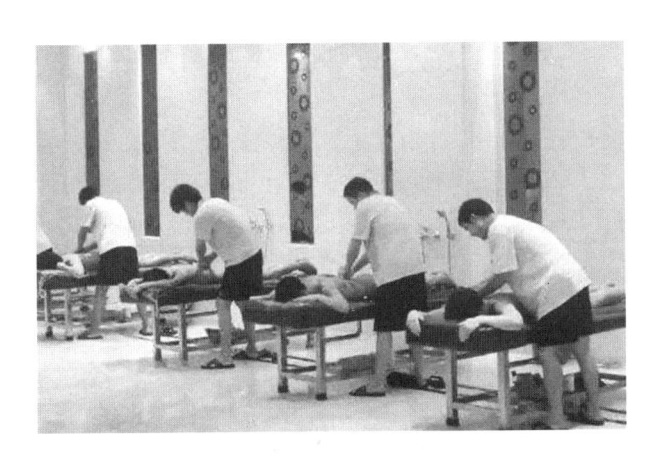

自己可能都忘记了在什么时候说过了哪些话，教育了哪些道理，应验了那句"说者无意，听者有心"。

洗完澡出了三新楼，看到周围出来的人个个神清气爽满脸的红扑扑，一看就知道是刚洗了大浴、泡了澡堂子的人，浴室里的热蒸汽已经渗透到了骨子里，蒸热了整个身体，室外的寒风扑面也一点都不觉得冷，南方地区的人很少能体会到这种北方寒冷刺骨的天气里泡澡后来到室外的那种满满的幸福感。

长大后，自己去过三新楼澡堂多次，后来又知道，其实我们家的大院附近还有很多有名的公共浴室，如：天德塘、建新池、玉生池、新华池、新华楼、康新楼，都逐一去过，但还是觉得三新楼最地道、最干净、最舒适。但可惜的是，随着社会的发展，时代的变化，商业环境的竞争激烈，这些过去有名的公共浴室关门的关门，倒闭的倒闭，有些则改成了"洗浴中心"，澡是可以洗，但完全没了过去那种澡堂子的氛围。

这正是：卫生除泥垢，洗澡莫发愁；浴池何处有？仍念三新楼。

大杂院的故事 13 ——加工活

　　那个年代大杂院里的每个人,走出家门面色安然,迈入家门则英雄气短,原因只有一个字:钱。不当家不知柴米贵,一分钱难倒钢铁汉。

　　上世纪六七十年代,在城市里工作和生活的人们,无论是在国营企业还是在集体企业工作,即便是机关干部和学校教师,大家的固定工资收入基本都差不多,只是随着年龄和工龄的增长工资会有少量的增加,如果没有特别高的学历和某些特殊技能,每次调工资时增加的幅度都很有限,少得可怜。同龄人,谁也比谁多不了几元,谁也比谁少不了几毛。后来虽然有了个人奖金制度,但那时的奖金额占工资比例很小,也就是三元至七元的水平,如一等奖七元,二等奖五元,三等奖三元,一二三等奖的评选在车间、班组里大家轮流坐庄,每月轮回,一年算下来,平均拿到的就是每个月五元的二等奖,谁也不敢老拿一等奖,那会招来同事们互相间的矛盾。家里如果是夫妇两人都工作的双职工,孩子又少,生活上还可以相对地宽裕些,如果一个家庭里只靠一人的收入来养家糊口,那可是一分钱都得在手里攥出水来再花,日常生活开支紧了又紧地精打细算。很多人还不只是仅仅维持自己的小家庭开支,有些还得赡养没有任何退休金收入的父母,给双方的父母贴补些生活费,一个月的工资就所剩无几。每月发工资的那天是个无比兴奋的日子,发了工资后,同事们下班出厂大门时那种喜悦心情都挂在了脸上,个个推着自行车兴高采烈地谈笑风生,可见其平时生活艰辛程度。现在的企业员工,到了发薪日也会开心，但欣喜的程度跟那个年代相比，绝对是小巫见大巫，幸福指数不在一个等级上。

　　那个年代，虽然维持日常生活的各种物价水平比较低，但抵不住每个家庭里的人口多，对每月的工资收入如何能合理的支出来解决温饱就成了首要问题。除了吃饭开销，孩子们要上学读书，城市里人们的一般观念是无论大人们的生活如何艰苦也得让孩子去学校读书，最起码要读到初中毕业，否则长大后难以找到一份像样的工作。国家的教育制度虽说是小学、初中实行义务教育，但义务教育并没说是免费教育，毕竟是需要支付一部分的学费和书杂费。记得当时一个学期的学费大概是二元五角，还要交一些书杂费。不过城市里很少听说有小学、初中辍学的孩子，如果学生辍学，学校不允许，家长也没面子，对于特别贫困的家庭，可以通过向校方申请免除部分或全部的学费，但不是人人都可以申请，是要一个家庭里平均每人生活费在八元以下的特困户才可以申请。家里如果有四五个孩子，而且都到了读书年龄，虽然学费低廉也难以让做家长的从生活费里攒出来，到了学生的开学季，家长向亲戚朋友借钱的情况经常见，偶尔也听到有欠学校学费的情况。

　　人口多，收入低，带来生活上的种种困境，这就要想尽办法增加些收入贴补家用。那个年代没有固定工作之外再去业余兼职这一说，也没有很多可以打零工的机会。当时的制度不允许到处临时用工，单位里可以用多少临时工都有一定的指标。城市里，每人一份固定工作，即便是做些体力活儿的临时工，也是指他们因为户口等问题无法作为正式工人来招工的临时工，待遇跟正式工基本差不多，不是那种可以想来就来想走就走的临时工。而且这份临时工作之外要想再兼一份其他工作，没有单位会录用你。如果想通过自己在业余时间的劳动来增加一些收入的话，唯一的方法就是去一些企业领来在家里可以做的所谓的加工活儿。很多人家把加工活儿拿回家，全家老少齐上阵，家里像个工厂的小型车间，虽然只是赚取些低廉的加工费，但也是一种额外收入，可以弥补些家庭收入的不足。

　　那时可以从工厂里拿回来家里做的加工活儿，都是那些需要手工加工，但工人人数又不够，来不及加工或嫌麻烦的工作。如糊火柴盒、锁扣眼儿、钉扣子、绣装饰布台布、缝制工艺草垫、糊包装纸袋、削竹签、穿珠子。加工活儿一般是优先分给自己工厂里的职工，如果工厂里自己的职工不想做或者分配不完，就会在工厂大门口贴出招募干加工活儿的通告，这事儿在工厂里一般都是属于行政科或总务科管。工厂愿意外包出去，个人想做这加工活儿，各取所需，是个两厢情愿的事儿。

在大杂院里，我家隔壁有一邻居叫梁大爷，家里有五个孩子，三女两男，一共七口人，所有的生活开支全靠梁大爷一个人在一家集体企业性质的轴承厂做供销员的工资收入，梁大爷一个人不多的收入供养着全家人，在我们大院里算是生活比较困难的家庭，家里的所有人能不能每天吃饱饭是个很重要的生计问题。就算粗茶淡饭能吃个饱，但要供五个孩子上学读书，梁大爷总会为了孩子们的学费发愁，听说到了学校的开学季，梁大爷有时会在厂里向厂长申请提前预支半个月的工资来支付孩子们开学要交的学费，到了发工资的日子再赶紧还上。那时的工厂里也并不是什么人都可以预支工资，遇到确实生活困难的职工，申请后由工会做调查，认为确实是"困难户"，才可以由工会确认事实后报厂长批准预支一部分工资。在当时收入普遍偏低的社会环境里，遇到职工真的有了困难，工厂里还是会给予一些帮助。工厂一般设有救济贫困户这一制度，当时叫做"吃救济"，但为了公平和实事求是，会在工厂里张榜公布"吃救济"职工的名单，多数都是因为家里孩子多或家里有病人的原因。我们先撇开那个年代普遍收入低、普遍比较贫穷的现象不说，有救济贫困职工这一制度，毕竟也是社会主义制度优越性的一种具体体现。

梁大爷为了能让家里这种窘迫的生活状况有所改善，跟当时大院里很多人家的做法雷同，想尽办法找一些加工活儿来做，他托了朋友从火柴厂搞来了糊火柴盒的加工活儿，让三个女儿放学后一起糊火柴盒为自己挣学费，是否也有培养她们从小就要有自食其力能力的想法，这就不得而

知。我们那个年代读书是上半天课，下午不用去学校，在家里做家庭作业。她们姐妹三人下午就在大院里伸开一张草席，上面用小方凳架了一块儿很宽的床铺板做成了工作台，从火柴厂申领糊火柴盒用的材料时和一道领来的面粉熬成了一大桶糨糊，就在工作台上做起了糊火柴盒的加工活儿。三姐妹采取的也是流水线一样的操作，渐渐地熟练后，糊火柴盒的速度就变得飞快，刷、折、贴等工序了然于心，老大刷糨糊于纸上，老二用木片贴纸，折成方框然后扔给老三，老三就把方框套在一个四四方方的木头模子上，加上一张小木皮底片后正好是一个火柴盒抽斗的大小，再用双手的食指和拇指从中间一拨，然后用手掌轻轻一拍，一个火柴盒小抽斗就做成了。老大在纸上刷糨糊的工序比较简单又比较快，刷一大板够老二老三下道工序用一些时间，于是空当里就卷外盒，她的手势更是一气呵成，从来都不拖泥带水。右手飞快的从糨糊桶里拿出木刷子在纸上刷两个来回，刷子马上就落回桶里，她的左手已经拿好木片，右手拿好了小抽斗，把折好的木片顺着小抽斗翻转，瞬间一个没有贴上红磷划火皮的火柴盒就成型了。姐妹三人手势快，每天放学回家，下午就这样勤奋地卷小抽斗卷外盒，一个星期时间不到可以卷一万个。一万个是什么概念？可以挣到加工费九块钱！要知道那个年代九块钱是一个家庭一个月的菜钱，差不多三个孩子一个学期的学费，但真要糊好这一万个火柴盒哪有那么容易。听她们姐妹仨人说，从一开始到火柴厂的加工活儿发放点去领原料，排上几小时的队，排着排着队伍乱了一拥而上就挤出一身臭汗，再回到家里用领来的面粉熬糨糊，刷浆、折叠、贴底、卷盒、贴花、捆绑成品，每一道工序都不能有任何的差错，否则把这些好不容易加工完的火柴盒送回火柴厂时，收火柴盒的检验员不是嫌你贴得七扭八歪，就是说你糊得八歪七扭，常常让你拿回去返工，或是让你再也没有机会领到糊火柴盒的材

料，你与加工活儿这事儿也就拜拜了。

记得我那时读小学二年级，比邻居梁大爷家三个女儿都小，看着三个大姐干着糊火柴盒的加工活儿就很好奇又觉得好玩儿，常常站在旁边看她们干活儿，看着她们娴熟的动作，也没觉得有什么特别难，就总想着让我也试着玩玩。一天，大姐看我在旁边站老半天了，估摸透了我的心思，就让我帮她们刷糨糊，我高兴地蹲下帮她们干了起来。这小孩儿一旦被人允许能做自己想做的事，甭提有多么兴奋，感觉自己也不是个吃闲饭的人，能帮人干活挣钱了。现在的人们对一个读小学二年级的孩子去帮人干活可能不可思议，但是时代不同，不可同日而语，那个年代，很小的孩子就开始干些大人干的活儿，这一点都不稀奇，一点都不奇怪，小孩子家不会干活，或从小不做家务才会被家里人或周围的人看不起，会说你家的小孩子娇生惯养，长大了肯定会吃不少苦头。

这糊火柴盒的加工活儿好像只适合女孩子们做，如果家里都是男孩子，把糊火柴盒的加工活儿拿回家就不是那么回事儿了。住在大院北楼的王大妈有两个儿子，看到梁大爷的三个女儿糊火柴盒赚钱，羡慕不已，不顾做教师的丈夫反对，也去领回了十万个糊火柴盒的材料。材料领回来让两个儿子也学着糊火柴盒，不知是为了让儿子自己赚学费读书还是出于培养孩子的劳动意识。哪知道两个儿子却没一个肯做这事儿，王大妈没办法硬是逼着儿子干了一个小时，两儿子糊得不耐烦，一会儿说头晕糊不了，一会儿说要去厕所，一去就不回，最后把这糊了一半的"半拉子工程"一扔就跑出去玩了，王大妈气得够呛但也没辙，只能自己一个人来接手这"烂尾楼"，最后好不容易把当天的"烂尾楼"残局加工完就收工了。第二天，王大妈又让俩儿子放学后继续干，没一个儿子再肯干，王大妈从此就天天拿糊火柴盒的事儿训起了这俩儿子："你看看人家梁大爷家的三个闺女，知道通过自己劳动来挣学费钱，你们这两个没用的败家子，今后没什么大出息。"我这才知道，男孩子不肯糊火柴盒，长大后是会没出息的。过去大院里这种中国式的教育孩子的方式常见，不知这兄弟俩长大后是不是真的没了出息。后来大院被拆迁搬了家，邻居们也都各奔东西，再没见到王大妈的俩儿子，也不知他们现在工作、生活得到底如何。当时王大妈把这"败家子"的话说得多、说得狠，两儿子还真的开始败家了，老大趁王大妈不在家，偷偷把那袋领来做糨糊的面粉都给做成了烧饼，跟老二分着吃了，老二一看反正这火柴盒没了糨糊也做不成了，就把那些糊火柴盒的木片做了柴火，填进炉灶里去烧。从此我就明白了这糊火柴盒的加工活儿就是应该女孩儿来做的。

后来母亲因病休长病假工资只发60%，这时家里生活就开始困难了起来，母亲也想着找些加工活儿让我们兄弟俩一起做做贴补家用，但看到北楼王大妈家两个儿子的"败家"情况，就说我们家也是两儿子，绝对不适合糊火柴盒。最终我父亲托熟人去外贸工艺品公司要来了缝草垫子的加工活儿。草垫子图案有各种各样，原材料都是些编织好的有各种颜色的扁条半成品，我们把各种颜色的草织扁条拼起来用线缝成彩色的茶杯垫、锅垫、座垫。去领材料时外贸公司会给你一些基本图形，根据基本图形，加工时可以自由发挥，做出来的草垫根据形状和色彩的好看程度，分一、二、三等，按质论价收货，根据不同等级付给的加工费有高有低，但差别不大。缝制草垫这活要用针线，说起来其实更不适合男孩子做，母亲就让我们组合、编排一些扁草条图案，她自己来缝，但时间长了，我跟我弟就在母亲的指导下也学着缝了起来，慢慢地缝得也像模像样，做出来的各种花色草垫，看上去像是一件件不错的手工艺品，很有成就感。这些色彩斑斓的草垫，经过外商的验货，就可以出口到国外，为国家赚取外汇，想想那个年代我们国家多数情况下只是靠这些落后于时代的手工艺来换取少

量的外汇，可见由于那个年代中国工业的落后，生产力的不发达，在世界上的经济地位会是多么低。后来我们家做这些草垫的加工活儿越来越熟练，速度快了许多，补贴家用的收入也增多了。我们用一些下脚料缝了很多锅垫、杯垫自己留着家用，有几个草垫保存至今也不舍得丢弃，现在去母亲家时常会翻出来回忆些过去贫穷日子的辛酸往事，这留下来的几个草垫也算是有了四五十年历史的古董了。

后来，工艺品的草垫加工活儿不知什么原因就没了，据说是外贸公司找到了一家工厂有加工草垫的机械设备，人工草垫的缝制就被机械加工给取代了，机械设备比人工缝制效率高几十倍，我们缝制出口草垫的业余活也就随之消失。家里没了加工活儿干，生活费立马吃紧，我跟弟弟又正处在长身体的年龄，饭量倍增，虽说没到吃不饱的地步，但主食的增加，就不得不降低饭菜的质量，记忆中总是处于"油水"不够的境况。

后来，父亲不知哪来的门道，从我们大院附近的街道服装厂那里拿回来很多衣服锁扣眼和钉扣子的加工活儿，那些衣服看上去像是工厂里工人穿的工作服。衣服上没有扣眼和扣子，需要根据图纸上标明的扣眼儿尺寸和距离，先画线，用剪刀剪开一个小口，然后用和衣服同色的线一针一针锁扣眼儿，扣眼锁好后，再在另外一边的衣襟上对着扣眼儿的位置钉纽扣。一开始我只是帮母亲画线，她不让我们男孩儿动针线的活儿，但小孩子在旁边看得时间长了会手痒，就求着母亲让我也钉个扣子。母亲给了我一个顶针戴手上，但小屁孩儿的手指头太细，顶针戴到手上直往下掉，我就先把医用纱布缠手上，然后戴上当时觉得很重很重的大顶针，开始学着钉起了纽扣。钉扣子的活儿，先要来回穿针引线，十字型穿线钉扣，最后要在扣子下面用线绕几圈，绕出个脖子，否则扣子系起来会很紧。扣子钉好，用针把线穿到背面，打结剪断。我看到母亲把钉完扣子的线用牙一咬就咬断，我也试着用牙咬，牙都被咬得酸了也没咬断那根"结实"的线，就怀疑起我的牙长得是不是不对了，只好用剪刀剪断。后来，母亲看我钉扣子钉得熟练了，个个牢固又不是七扭八歪，就试着教我锁扣眼儿。锁扣眼儿最练针线活儿的功夫，每穿一针要绕线，不能直封，但这个简单，重要的是每针之间的距离要一致，要均衡，这样锁出来的扣眼儿才看上去均匀好看，验货时才不会被打回来返工。记得当时锁一个扣眼儿是二分钱，钉一个纽扣是一分钱，一般一件衣服五个扣眼五个纽扣，这样加工一件衣服可以挣到一角五分钱，一天干十件衣服就能挣一元五角，算是个不小的业余收入。

现在已没有用人工锁扣眼儿的了，电动缝纫机上带了锁扣眼机头，几秒钟就能锁一个，城市里也就很少有人再会锁扣眼儿这活儿。那个年代钉纽扣锁扣眼儿是为了生计，但现在想来，为了生计而学会了的钉纽扣锁扣眼儿的技能终身受用。我现在常常一个人出差在外，难免有时衣服上的扣子会脱落，随身的行李里总是常备着针线，一旦遇到纽扣脱落，自己毫不费力就可以重新把扣子钉上，这是不是应了梁实秋先生的那句"积钱财千万，不如薄技一身"，艺多不压人嘛。学会一些技能，生活上就方便了许多。

那个年代可以拿回家做的加工活儿还有很多，绣台布是比较难的活儿，还有类似糊纸袋子、纸盒子什么的，反正就是些比较费人工，又不是很难的手工活儿。有人说，那个年代还有砸石子，就是用一只钢扎带圈成的圆圈，围住大石子，用锤子把大石子敲成冬枣大小，用来做防空洞时和水泥用。那时家家都干这活儿，但这不是加工活儿，这是响应

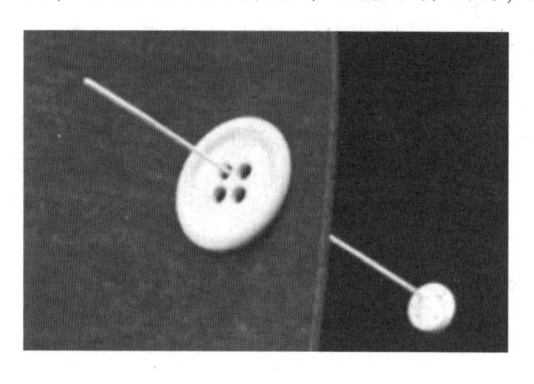

毛泽东同志"深挖洞、广积粮、不称霸""备战备荒为人民"的号召，那是没有收入的义务劳动，跟干加工活儿毫不沾边。

感谢穷困年代时由于生活窘境而被迫学习到的技能，生活所迫有时并不一定是件坏事儿，它会磨练一个人的生存意志，锻炼你的生存能力。时代已不同，现在的我们，可以随时随地轻易的买到自己想要的东西，不会再为贫穷、温饱而苦恼和困惑，但却再也买不回那种贫穷的日子里为了生计而学到手艺后的欣喜。

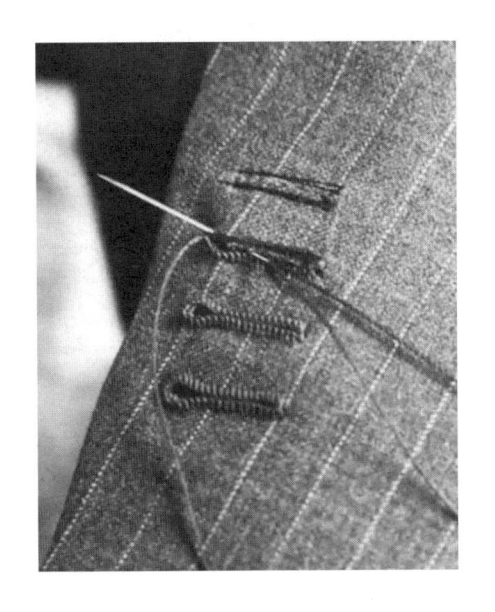

这正是：开源加节流，奋斗靠双手；劳动最光荣，勤俭天道酬。

大杂院的故事 14 ——书信

我觉得，近二十年变化最大的，是人们之间交流感情的方式。书信作为延续了几千年的书面信息承载形式，近乎断崖式地消失了。

现在的人们，特别是年轻一代，手书写信的事儿已是寥若晨星，很少再有人特意去手写信件。现代电子通讯工具的发达，已经基本取代了过去亲朋好友间的那种手书信件，要么电话联系，要么微信联系，要么电子邮件联系，要么QQ聊天，与远隔千里之外的朋友或是父母间的联系方式已经可以随时随地不受任何时间限制，极其方便，没有了距离感。但是，仔细想来，就在离我们不远的四五十年前，我们与亲朋好友、家中父母的联系方式，一定离不开手写书信、长途电话、电报这些现在听起来都已经非常陌生了的通讯工具。即便在上世纪末，书信在人们的交流与沟通中还占有着重要地位，在没有电话、短信、QQ、微信的年代，有时候一封手写的书信可能就是一个人与另一个人之间唯一的一种连接方式。

前些日子，一个人在书房里整理书橱，瞥见书橱的一个角落里静静地躺着一大摞有些泛了黄的旧信件，这些信件都是年轻时的亲朋好

友或同学写来的，也有几封是远隔千里之外的父母写来的家书。看到了这些近似"古董"的信件，我一下子怀起了旧，兴致使然，就想好好地再翻一遍这些上世纪六七十年代与周围人往来和交流的手写信件。一大摞的旧信从盒子里捧出来，摊了一地，随手拿了个小板凳坐下，在一摞杂乱的信件中，从一封读到另一封，从一个朋友看到另一个同学，这个城市又移到那个城市。多年前的信件无序地展开，折叠，再展开，再折叠，仿佛过去的无数个白天黑夜被我随意地颠过来又倒过去，有了一种穿越时间隧道的幻觉。

过去手写书信的年代，人们都会在写信前先精心挑选信纸、信封、甚至书写的笔。每每在伏案写信时，整理着自己的思绪，想着要写的内容；同时也会回复日前收到的来信中对方提及的问题、困扰，帮人答疑、解惑；更会分享自己身边发生的新鲜趣事和所见所闻，或说上几句刚读过的新书、不久前看过的电影、说说新认识的人，或报个平安，说些这里一切都安好，要多注意身体，不要太累之类的寒暄问候。书信写完，把那几页浸入了各种情感的信纸装入信封，仔细封好，亲手投入邮筒后，它将通过漫长的旅行，或跋山涉水，或翻山越岭，或飘洋过海，于某日通过邮差送达到了对方手中。收到了远隔千里之外朋友或家人的来信时，那种无比兴奋的感觉可能已经远远超越了书信文字本身。

依稀记得我开始写的第一封信，大约是读小学二年级的时候。一日，母亲拿了一叠信纸给我，让我给远在

南方居住的外婆写信，说是她希望你写封信给她。能写多少写多少，随意写写就行。现在想来，那恐怕是母亲在试探我的作文水平，她明知一个小学二年级的学生，汉字都没学几个，不可能写出什么像样的文章，但可怜天下父母心，他们总会想尽各种办法来观察孩子们的在校学习结果。我很被动地趴在桌子上眼瞅着空白的信纸，写不出内容就发着呆。过了大半晌，信纸上只写了四个字："外婆你好！"除此之外，下面的话连一个字都没能写出来，急得抓耳挠腮，根本不知如何下笔。母亲过来看了一眼，见是一个字都没落在纸上，就把脸拉了下来，说是在学校里认真学习了吗？连封简单的信都写不出来。我在桌子上已经足足趴了两个小时有余，母亲再次过来警告我，信写不出，不许吃午饭。这话吓唬小孩子有点威慑力，我开始有些惧怕了。

经过了漫长的思考，给外婆的信终于写好了，折叠起来装进了一个白色的小信封，贴了一张印着长城图案的价值八分钱的普通邮票。那时写书信，一般都用白色小信封寄平信，如果要寄重要的东西，比如信里夹杂着粮票、布票、工业券什么的就要用挂号信，通常是咖啡色的牛皮纸信封，邮票要贴二角的，按当时的物价水平来看比较贵。寄平信，马路上很多地方会有一个绿色的圆圆高高的邮政信筒，要寄的信顺着上面扁扁的小口投进去，邮局的人会定时来打开邮筒取走信件送到邮局归总发出。我手端着写给外婆的信，去了离大院最近的邮筒，刚把信塞进去三分之一不到，突然又想起我在信里应该再加一句什么话，就又抽了回来，拿在手里，又想算了，那句话不那么重要，下次再说也不迟，就再次往邮筒的扁口慢慢塞进去，这信一落进邮筒，又后悔应该把那句话添加进去，但为时已晚，我们是无论如何也打不开那邮筒的。我观察过，很多人像我一样，寄信之前会站在邮筒旁徘徊、犹豫，一旦投进去之后又觉得不

妥，再想拿出来门都没有，看上去就像一门竖起来的大炮似的邮筒，你拿它毫无办法，眼睁睁地瞅着信被投递进去，只能懊恼地叹口气。

一旦写给对方的信寄出后，就会天天数着日子盼望着对方回信，盼星星盼月亮似的每天怀揣着期待，伸长了脖子等待对方回信。放学或下班回家，进了大院里总会先去问住在大门口附近的邻居有没有我家的来信。那个年代的大杂院里没有信报箱，每到傍晚时分，穿着绿色列宁装的邮局投递员就会骑着一辆绿色的自行车走街串巷送信，车前车后挂了好几个绿色布兜，里面塞满了报纸、信件，老远就能瞧见一团绿色向你驶来。邮递员们自行车车技都很好，总觉得他们是除了杂技演员之外自行车骑得最牛的人。飞速行驶的自行车到了大院附近，邮递员一驻腿，单脚溜着自行车，动作麻利地停在了大院门口，随手拿出了大院里有人订阅的报纸交给坐在大门口的人，然后又取出一大叠信件，逐个念着名字，最后属于这个大院的一摞子信件就交给了围过来的人们。有时大院门口没有人，住大院门口附近的人家，就成了义务收发者，他们把报纸和信件先收回了家里，放学或下班的人们就会探头去问有没有自己家的信和报纸。有时在大院门口闲来聊天聚集的人多，遇到邮递员骑车来到大院前，大家会呼啦一下围上去"有没有我家信，有没有我家信"地喊个不停，没看到有自己家信件的就会沮丧起来，只能拿着邻居家的信代劳送去。如果一旦看到了有自己的信，拿到手时那

种兴奋劲儿，不等回到家，就在大院里随手撕开了信，特别是那些恋爱中的年轻人，一边看着恋人寄来的充满情感的来信，一边眉笑眼开，两个嘴角就藏不住兴奋翘了起来，旁边的人看着这表情也就估摸着猜到了三分信的内容。

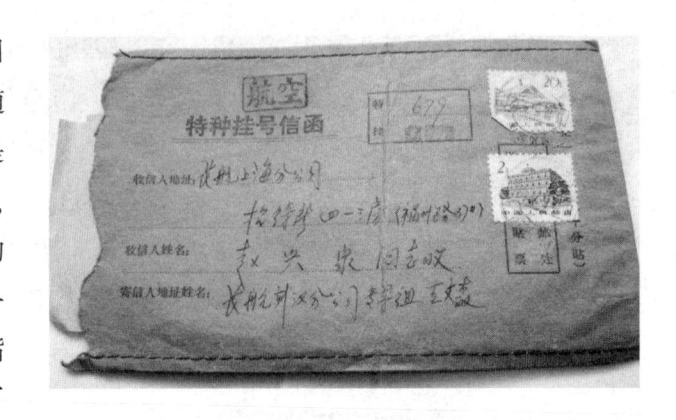

　　大院里也住着一些不识字的老人，儿女去了外地不在身边，每当收到孩子们的来信时，就不得不找邻居来帮忙给他们读信，不过一般都是找相处的关系比较好的邻居，邻居们也都热情地愿意帮这个忙。我家隔壁邻居有一姓叶的人家，七十多岁的老俩口都不识字，家里唯一的儿子在一九五七年去了新疆那里的农场，儿子每个月会给年老的父母寄来一封书信，老俩口总会拿来让我母亲给他们读信。儿子写的信里，不但说了在新疆的生活情况，还惦念着年迈的父母，所有感情都融在了这每月一封的家信里。叶家老俩口总会让我母亲反复给他们读好几遍，见字如面，有时读着读着，老俩口就格外想念起儿子，想到了儿子在大西北一定是吃了不少苦，于是泪眼婆娑，儿子也把对父母的思念寄托在了书信的字里行间。对儿子的来信要回复，隔了几日后，叶家老俩口就来找母亲代笔写回信，老俩口口述，母亲执笔，把老俩口口述的内容整理成顺畅的文字，母亲常常会写到深夜时分，写完后，老俩口感激地手捧着给儿子的回信，连声道着谢回到自己的家。后来在我读初中的时候，这给老俩口代笔写信的事慢慢地就变成了我的活儿，常常是母亲给他们读完信，然后让我代为回信，老俩口跟我一句一句说着要写的话，我落笔于信纸，这是他们与儿子间唯一的一种联系方式，每次都像是进行一个庄重的仪式，特别认真。我有时写着写着也常常会提笔忘字，身边总是放一本新华字典，代人写了几年家信，那本新华字典也已被翻烂，不知老俩口的儿子看了我给代笔写的信，会不会猜到代笔的人已经换了。

　　外婆终于给我回信了。收到来信后我赶紧撕开信封取里面的信瓤，

一急，把信封的口子撕歪了，里面的信纸也被撕掉了一个角，从那以后，我就养成了收到来信总会用剪刀齐齐地剪封口的习惯，珍贵的手书信件撕掉了信纸一角太可惜。外婆寄来的信封上用了一张毛泽东同志去安源的纪念邮票，非常珍贵。

当年喜欢集邮的人，都把信封上贴着邮票的那一小块儿连带信封一起剪下来，然后用水浸泡，一段时间后，邮票与信封纸之间的胶水融化，邮票就会从信封纸上脱落了。把邮票洗净，然后贴到窗户玻璃上晾干，揭下来后就可以保存到集邮册里了。一旦有了集邮的爱好，就会想办法到处向人讨要纪念邮票，看到邻居家收到的信上面是纪念邮票，就伸长了脖子看清邮票的图案，开始跟着到人家里，"爷爷、奶奶、大叔、大婶、大哥、大姐"地央求上了，软磨硬泡让人家把信封上的那张纪念邮票剪下来。后来兴起的集邮，多数是购买邮局发行的新邮票，可以交易，买对了可以升值出售。虽然也是一种集邮爱好，但也属于一种投资，有了商业性质，但还是最钟情于我那盖了邮戳、每张邮票都含有过往故事的几本集邮册。

过去的信件，除了一般的平信外，还有一种叫挂号信。这种信的安全性高，邮寄贵重票证之类的东西时，会用这种挂号信。单位里邮寄比较机密的有关人事之类的函件时会使用挂号信，但挂号信不能随手扔进信筒，一定要去邮局才能寄出，经邮局柜台检验后，盖上挂号信专用邮戳，给你一张回执小条，以防日后对方没有收到此信时可以去邮局查询。挂号信一定要收信人本人签收，他人不可代收，

安全系数很高，一旦遇到信件丢失，邮局要根据规定赔偿，平信丢失，邮局不负责任。挂号信的邮资是二角，比较贵，按当时的物价水平，二角钱可以看一场故事片电影，去菜店里可以买10斤蛤蜊，所以一般不是邮寄特别重要的信件或票证，不会去寄挂号信。挂号信的邮票没有纪念邮票，都是清一色的印着黄河、长城的普通邮票，无论从艺术角度还是珍藏角度，都不太有什么收藏价值。

那个年代的书信往来不像现在的快递这么快，一般的平信，城市和城市之间怎么也得走上3~4天，如果是农村，一封平信在路途上走十天八日的一点都不足为怪，这种慢节奏使得人们每每写信时，都会斟酌了再斟酌，修改了再修改，每封信件的书写都会融入各种各样的情感。那时没有什么表情包，所有的情感都是用方块儿字来表述，各种内容的表达，各种文体的叙述，手写书信的字里行间就充满了浓厚的文学色彩，很多私信就像一篇篇美丽的散文，充满着感情、亲情、友情。用现在社会的快速节奏来看，那个年代书信的传递速度是极慢的，但却是那个年代远隔两地的人们之间互相往来不可或缺的一种沟通联络方式。

分隔两地，如果嫌书信的联络速度太慢，那么可以选择快的联络方式——电报。

电报原本是由美国画家塞缪尔·莫尔斯在1844年发明。一开始是使用有线来传输信号，后来用无线电波传输。莫尔斯用他发明的电报机发出的第一封电报电文是："上帝创造了何等奇迹。"最开始的电报主要用于军事、远洋航海。家用电报在我国的普及大约是新中国成立后，有急事需要联系远隔千里之外的亲人、朋友，要去邮电局填写电报原稿，写明你要联系的内容，交给邮局工作人员，由邮局的发报员用"嘀哒嘀哒"的莫尔斯电码发送到你所要联系的地址附近

的邮局。那里的收报员再把莫尔斯电码翻译成文字，由邮递员骑上"幸福250牌"摩托车奔向收信人大院，一进院子，就扯开了嗓门大声喊道："××家电报。"声音老大，全大院的人关了门坐在家里都能听见，不相干的邻居们也会伸出头来探个究竟，因为在人们的一般认识里，有电报来都是紧急事情，没什么急事或者即使有急事但时间来得及绝没人发电报，都是怕这邮递员在送电报时的喊声会惊吓着家人和邻居。

电报是一种极为快捷的通讯工具，但它昂贵，邮局里发电报论字收钱，标点符号也算字。依稀记得当时发电报每个字是一角二分，最低五个字，也就是六角起发，由于电报的价格比较贵，那电报内容就必须简单明了节省字数，要仔细推敲；而过于简单又无法表述清楚。所以拟电文在当时也算是一门需要学习的学问。中国的语言博大精深，有时一个字会有多种意思，有标点和没标点读起来意思会有所不同，有时发报人由于事情紧急，心急火燎，在邮局手写的文稿过于潦草，邮局发报员也没空仔细揣摩意思就猜个大概发了出去，这就带来发报人和收报人因为文化水平和理解能力的差异而闹出的许多笑话，有时也是收报时抄报员的粗心，把发报人的意思给写反了，误了人家的事儿。说起电报，我想起了一件过去大院里关于电报的趣事。当时我家邻居孙叔的儿子在黑龙江"插队落户"，春节打算回家探亲，出发前给家里发了这样一封电报，电文是："乘321次列车

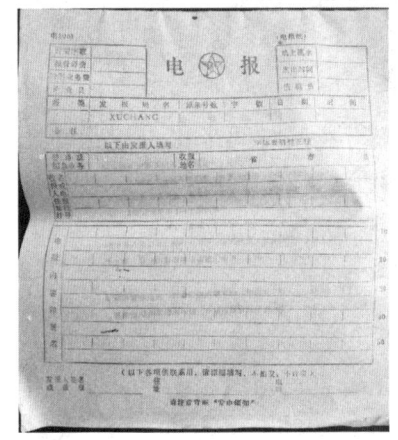

"5点30到接站。"孙叔接到电报很高兴，但看了半天又皱起了眉头，电报只写了车次，没说是哪一天的火车，光这一点错误还不算啥，要命的是不知道究竟是凌晨5点30分还是下午5点30分。按字意说应该是凌晨5点的意思，但这个时刻根本就没有列车到达。还好孙叔聪明，把这个5点理解为傍晚5点30分，连续接了三天火车，终于在第三天下午5点30分接到了儿子。

发电报时标点符号极其重要，但很多人为了省钱，就尽量把标点符号去掉。一天，大院里的赵大妈接到"支援三线"的女儿发来电报，电文是："一个人住多大锅合适。"赵大妈看了电报，瞬间流了泪，这"支援三线"怎么这么艰苦，还要住在锅里？后仔细揣摸才猜对了意思，敢情是：一个人住，多大锅合适？问她妈妈，要买多大的锅才合适，中间省略了逗号。中国古文里流传已久也是最著名的因没有标点符号而引起歧义的句子："下雨天留客天留我不留。"加了标点符号，解释起来意思完全不同，一个意思是："下雨天留客，天留我不留。"另一个意思是："下雨天，留客天，留我不？留。"可以有七八种解释。但一般人不可能都学到那么深奥的中文表述，所以那个年代因为电报内容的事闹出

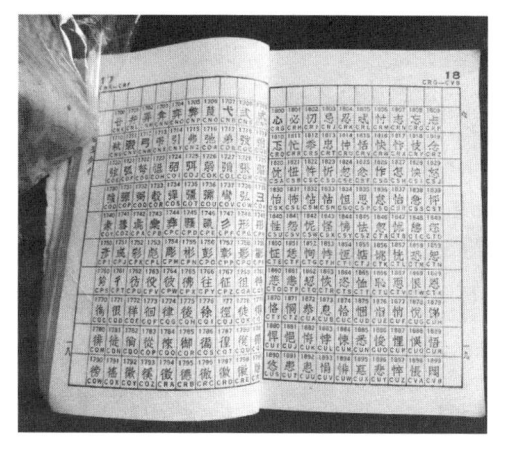

的笑话就出了很多。

中国的电报业辉煌了差不多一个世纪,但现在随着电子通讯工具的迅猛发展,电报业陷入了前所未有的困境,已经自2000年正式退出了历史舞台,电报这个词也逐渐被人淡忘。某日,我在跟父亲聊天,说到过去发电报的事,女儿在一旁听了就插嘴问我:"你们老说过去的电报电报,这电报是什么东西呀?"我回答:"发电报得去邮局,把要说的话写在稿纸上,字数不能太多,按字收钱,写好后交给工作人员,他们用无线电的方式发给对方,这就是电报,明白了吗?"我女儿点头说:"还以为电报多神秘呢,不就是让邮局代发一条短信嘛!"可见现在的年轻人已经用现代的便捷通讯工具概念来理解过去的事情了。电报年代留给我们这一代人的回忆实在是太多太多,虽然我们依然留恋那个年代,留恋那个年代简单质朴又慢节奏的生活,但是,科技进步的列车还是把我们带到日新月异、蒸蒸日上的崭新时代,在通讯业高度发展的今天,我们不得不对电报说一声再见。

这正是:鸿雁传家信,笔尖诉佳音;谁寄锦书来?皆为有情人。

梦醒大杂院

大杂院的故事 15 ——几时游戏

王者荣耀、三国群英传、烽火九州……看着小孙子独自在网络虚拟空间里恣情撒欢时，我的眼前却出现了大杂院里一群孩子在玩耍的景象。

现在的孩子们课余时间能跟同伴玩耍的空闲时间越来越少，课余时间不是在家做大量的课外作业就是要去上各种补习班，每天排得满满的，周末也不得空。数学班、物理班、语文班、英语班、舞蹈班、音乐班、书画班，见缝插针，家长们不给孩子留出半点玩耍的时间，美其名曰绝不能让孩子输在起跑线上。很多家长出于自己过去没能有机会学习这些技能，把自己的人生愿望像押宝一样一股脑地全都押在了孩子身上，总想着让自己的孩子成龙成凤。被补习班、兴趣班折腾得疲惫不堪的孩子们即使偶尔有了一点点空闲时间玩耍，多数也只是在家里玩电脑游戏。现在的小区里、马路上早已不见成群结队的孩子们玩过去那些传统的儿童游戏，时代改变了多数人们的生活方式，而更多的是改变了儿童的业余娱乐活动和玩耍的内容。

时光飞逝，日月如梭，不知不觉中我自己也已步入花甲之年，感叹人生的一晃而过。每当看到现在的孩子

们坐在电脑旁玩着游戏或捧着手机玩得如痴如醉时,我就情不自禁地回想起自己儿时无忧无虑的童年时光,回想起自己小时候曾经玩过的那些各式各样的"土游戏"。那些儿时娱乐活动带来的快乐,现在也已只能成为了一种对过往的美好记忆。

上世纪六七十年代,住在大杂院里的孩子们放了学,课余时间玩耍着那个时代特有的"土游戏",游戏种类多得数不胜数,那些曾经代代相传下来的游戏,饱含着很多值得回忆的情愫。女孩子们的跳皮筋、跳房子、丢手绢、翻棉单、拾果子、吹泡泡、折纸、跳绳;男孩子们的滚铁环、骑大马、打木头、摔元宝、扇烟牌、弹杏核(弹杏胡儿)、斗鸡(扛拐)、斗蟋蟀(斗蛐蛐,斗土蚱)、粘知了、捕蜻蜓、骑马打仗,更有弹玻璃球(捣蛋儿)、打纸弹弓、抽陀螺、玩气门芯水枪。男孩和女孩都能玩的有丢沙包(丢沙布袋)、下军旗、下跳棋。现在上了些年纪的人们应该一定还清晰地记得自己孩提时玩过的那些有趣的游戏,那是一种留存于大脑记忆里的精神财富。从没玩过那些游戏,也对那些游戏不知所云的人,还不能称自己是已经"上了年纪"。过去的那些娱乐活动,虽然显得有些"土",但对当时的孩子们来说,的确是别有一番乐趣的。

男孩子玩男孩子的游戏,女孩子玩女孩子的游戏,如果有好奇的男孩子加入了女孩子们的跳皮筋,会被认为没有男人气概,是会被耻笑为"假大嫚儿"的;相反,如果女孩子加入了男孩子们专属的游戏里,也会被称作是"假小子"。所以,孩子们在玩耍时,一群女孩儿和一群男孩儿红蓝两拨儿分得很清,各玩各的。也有男女孩子们一起共同玩耍的游戏,

如丢沙布袋、跳绳和下棋之类。

我读小学时，有一段时间特别热衷于"捣蛋儿"，也就是弹玻璃球。一般会约上三五个玩伴儿，在大院里找一块泥地，先在离墙两米左右的地方抠出一个能放进玻璃球的洞，但洞太大了玻璃球太容易弹进去没有了难度，不行；太小了玻璃球不能完全进去也不行。我们会先拿一个玻璃球，放在泥地上用脚踩下去，然后把玻璃球拿出来，再修整一下圆洞，让它变得又圆又大小合适就成了。"捣蛋儿"游戏的规则为：先要决定谁先弹，把距离圆洞两米左右的墙壁作为基准，站在圆洞处往墙壁方向弹玻璃球，落地以后轱辘到墙边，谁离墙边最近谁先开始弹；正式开始时站在墙壁处，瞄向圆洞处来弹，互相之间是可以用自己的玻璃球把快要进洞的玻璃球弹掉，就是干扰别人进洞。我从小好与人玩竞技的游戏，为了不输或少输玻璃球，就在家里的床上练习用一个玻璃球从远处对准另一个玻璃球弹，一开始距离二三十公分的距离都弹不中，经过不断练习，最远时离开两米左右都能百发百中，这就把基本功练好了。出去跟玩伴们一起玩儿，只要我先进了圆洞，周围放在地上还没有进洞的其他玩伴的玻璃球，两米之内的距离基本都能弹中，很少失手，我总是赢多输少，每次玩完回家，口袋里的玻璃球有增无减，不亦乐乎。每次和同伴们玩弹玻璃球，一开始赢了别人，对方总会把口袋里比较旧的一颗玻璃球作为输掉的赌注给我，有时给了一个不太圆的玻璃球，看上去是颗"歪瓜裂枣"，我就拒收，说这个玻璃球不能算，争执未

果，这时就得让同伴做裁判。同伴就像是法院里的法官断案子，最终"法官"说这个玻璃球确实像个睡扁了的脑袋，不能算，那输玻璃球的玩伴也只能作罢，另找一颗圆的给我。玩着玩着，我老赢，输的那人最后只得把手里唯一的一个崭新的玻璃球给我，使我兴奋好长时间，长大成人后，觉得儿时候赢了他那么多玻璃球对不住人家，偶尔见面提起这事儿就给人道歉，对方也就哈哈地笑了起来，美好的回忆总会让人找到一扇开心快乐的大门。我从小喜欢跟人博弈，长大后做任何事情都争强好胜，不肯输给对手。现在看来，这从小培养的好胜之心，实在是有太多的不可取之处。那时我有一个黑色的小布袋，里面装了十来个赢来的玻璃球，一旦赢的玻璃球多了，布袋鼓鼓的，回家后就把品相好的挑出来放进床底下的一个面盆里，日积月累，赢多输少，床底下面盆里的玻璃球就慢慢地变成了满满的一大盆，这是我的战利品，谁也不允许动，谁动就跟谁急。但有一次，父亲打扫床底卫生，秘密被他发现，知道了我课余时间净玩弹玻璃球，开始严厉训斥我："整天玩玻璃球不好好学习，考试没一次及格。"记得还说了些什么"少壮不努力，老大徒悲伤"之类的话，硬是要把这盆战利品给扔了。这些有了感情在里面的玻璃球哪能就这样被父亲如此粗暴的给扔掉，我一着急说："如果你给扔掉，我就连学校也不去了！"这才把我爸"吓住"，把那一盆的玻璃球又给推到了床底，说是下次考试再不及格，就真的给扔了。

　　对男孩子来说，儿时还有一个常玩的游戏就是"滚铁环"。有多少男孩子那个时候每天都是滚着个铁圈在大马路上来回跑，特别是到了冬季，滚铁环跑得满头大汗，既暖和又开心。滚铁环虽然有一定的难度，需要一定的技巧，但还是比较容易上手，考验的是孩子们的耐心、耐力、平衡性。在奔跑中，会增加孩子的灵活性、协调性和控制能力，同时在玩的过程中无形地提高了孩子的勇气，培养了孩子克服困难、战胜挫折的精神。一到傍晚，大院里只要有一个孩子出来滚铁

环，一下子就营造出了滚铁环的氛围，各家的孩子都带上自制的铁环，陆续来到大院门口的马路上开始滚了起来。那时马路上汽车很少，孩子们就从马路这头滚到马路那头，看谁滚的稳、滚的快。还会在马路上摆上石子做"路桩"，铁环滚起来绕着"路桩"滚S形绕圈，锻炼了滚铁环技巧，既快乐无比，又悟出了些物理学原理。铁环滚到太阳下山，大院屋顶的烟囱开始炊烟袅袅升起，有一大婶在门口大声的叫喊："大刚，来家吃饭了！"这才意犹未尽地回了家。他一走，我们这些还在滚铁环的孩子们兴奋劲也就淡了许多，陆续回了家，这滚铁环的游戏就突然间收了场。那时候，我们并不注重玩哪个玩具会有什么好处，或是对孩子有什么智力的启发，想法很简单，好玩、高兴就行了。那时候，课余也没有什么补习班，更没有什么英语舞蹈钢琴去学，做完了不多的语文数学课外作业，玩就是我们课外活动的主题。那时候没有电视，所以也不用担心错过动画片。我看到别的小朋友滚铁环，而我自己没有铁环，就回家里去找，找遍了所有可翻之处都没有找到一个可以用来滚着玩的东西，沮丧了半晌，突然发现我家有一个大木桶，桶的外圈上面有两个固定木桶的圆铁箍，灵机一动就把上面那个大的圆铁箍想办法给拆了下来，又做了个滚铁环的推子，兴奋地拿出去跟大院里小伙伴滚起了铁环。正开心无比的时候，听到我爸在窗台上喊了一声："赶紧回家！"我爸这一近似吼声的叫喊吓得我拎着铁环和推子悻悻地回了家，进门就被斥问："木桶上的圆铁箍是你拆的吗？"我再往地上一看，木桶散了架，像是变成了一把撑开的伞，满地发了河水，就知道我把木桶铁箍给拆了是闯了祸，后来，挨了一顿全大院都能听到哭声的戒尺揍后，父亲没收了我的"非法所得"，把那圆铁箍又重新给装到了木桶上，我短暂的滚铁环生涯就此结束。现在随着社会的发展、时代的进步，物质丰富，玩具品种的增加、电子类产品的普及，当年奔跑在马路上滚铁环的我们已经转眼间都成了爷爷奶奶，那些传统的有趣玩具也随着我们的年龄增长而慢慢地被冷落，加上现在马路上车子增多，已经万万不可再在马路上滚铁环了。

铁环被没收了，也就只能看着其他孩子们玩，加入了玩"打木头"的那伙稍大点的孩子们中。那时，"打木头"在北方是非常盛行的一种玩法，是用自己的木头把对方的木头从马路上打到高一个台阶的人行道上就算赢了。要把对方的木头打到人行道上去，自己用的木头就要足够重，还要有足够的力量和技巧，如果用几块木头打，就是孩子们说的"几傍几"，那就要能拼起来是一整块儿，用刀劈开的不算，只能是自然破碎的才行。大院里有打木头技术好的人，家里床底下堆满了赢来的木头，整年都不用买柴火，令人羡慕不已。这打木头其实是一种力量和技巧的博弈，只要是博弈，就是胜者为王，败者为寇。我打木头总是输，可能是力量不够，技巧也不行，屡战屡败。有一次，跟邻居家的小伙伴打，输了后又从家里拿出来一堆木头，跟赢我木头的伙伴说："你等着，我要报回儿。"这"报回儿"是打木头的专用术语，就是对方一定要出刚刚赢了我的那组木头跟我来打，也就是自己想把刚才输了的木头赢回来。我跑回家，找遍了家里的柴火堆和各个犄角旮旯，有点分量的能拿出去跟人打的木头全都输光了，没了辙。一抬头看到厨房里有一块儿大约有两个鞋盒子大小的菜板，这菜板又厚又重，是打木头的好料，就拿起一把斧头给一劈了三，变成了大小三块儿，地上磨了磨，去掉了用斧头劈开的痕迹，拿着就跑去跟人"报回儿"去了。结果还是敌不过对方，又把这家里唯一的菜板给输掉了。到了傍晚，母亲回家做饭，准备切菜切肉，到处翻遍找不到了菜板，就问我菜板哪里去了，我说没看见啊，那么好的一块儿菜板，我哪敢说是拿出去跟人打木头输掉了，那还不得被打死啊。母亲没辙，就在一个铝饭盒上凑合着切了菜，嘴里嘟囔着是不是谁把我们家放在走廊厨房里的那块儿菜板给偷走了，这缺德的小偷，偷什么不好，把人家里切菜的菜板偷走，这是不让人家吃饭了啊。岂不知这偷了菜板出去输给了人家的"小偷"就是自己的儿子。当晚失眠，是心疼那块儿输掉的菜板，也是心里有了内疚。这事儿一直没敢向父母坦白，直到后来长大成人，才在一次饭桌上当笑话跟父母说了当年输掉家里菜板的事，父亲倒是笑着说我从小就是个闯祸胚子。

铁环没得滚了，打木头又老是输，总得找个玩的娱乐活动。这时正值秋季，我就跟邻居孩子玩起了斗蟋蟀，也叫斗蛐蛐、斗土蚱，就是用蟋蟀相斗来取乐的一种娱乐活动。

当年斗蟋蟀流行于全国多数地区，无论是城市还是农村，到了秋季，处处可见围了一群人，里三层外三层，各个专心致志，一双双眼睛都盯着那一对互相撕咬的蟋蟀。蟋蟀的寿命仅为百日左右，这就不得不将斗蟋蟀的娱乐活动限定在了秋季。而在古代汉字中，"秋"这个字正是蟋蟀的象形。在城市里，要想斗蟋蟀，首先要去捉蟋蟀。大院里孩子们到了秋季总会在某个晚上相约一起，拿着手电筒，跑到很远的郊区野地里去捉蟋蟀。出发之前，大家都会在家里做几个小纸筒，撕下作业本里的几页纸，裁好大小，缠在自己的食指上卷成筒，然后取下来把两头折叠封住，等捉到蟋蟀就打开放进去。捉蟋蟀是要先听到蟋蟀的叫声，然后打开手电筒循声而去，蟋蟀蹦起来又高又快，很难捉住，一旦发现了趴在地上的蟋蟀，要眼疾手快，单手迅速捂住，然后慢慢打开点缝隙，抓住露出来的爪子不让它蹦掉。捉到后带回家，把小纸筒里的蟋蟀赶出来分别放到准备好的一只只蟋蟀罐里，喂几粒米饭给它。蟋蟀的食量很小，几粒米够它吃好长时间，但有人为了让蟋蟀斗起来更勇猛，会给它们吃些苍蝇幼虫，甚至激素。为了能拿自己的蟋蟀跟人去斗，又要能斗赢，会花大量时间观察每个罐里蟋蟀的强壮程度，用捉蟋蟀回来路上顺便摘到的痒痒毛来斗罐里的蟋蟀，挑选那种跳起来勇猛、头大、腿粗、触须直、牙板开得大的，这种蟋蟀具有善斗的特质。斗蟋蟀在中国其实是一项很古老的娱乐活动，但这种娱乐活动的方式很残酷。蟋蟀只有雄性也就是公的会斗，雌性蟋蟀不开牙，不能斗。一身黑亮的盔甲，一对长长的触角，加上又尖又细的尾巴，组成了一只"黑色战将"。这些互斗的雄蟋蟀，它们出于保卫自己的领地或争夺配偶权的本能而相互撕咬。蟋蟀相斗，要挑重量与大小差不多的，蟋蟀生性脾气暴躁，两只公

蟋蟀一见面，气就不打一处来，弄不好马上就开战，好像它们这一身战甲就是为了打架而准备的。放进罐里的两只蟋蟀，各自都会先猛烈振翅鸣叫，一是给自己加油鼓劲，二是要灭灭对手的威风，然后才呲牙咧嘴的开始决斗。头顶、脚踢、卷动着长长的触须，不停地旋转身体，寻找有利位置，勇敢扑杀。二虫激烈鏖战，几经交锋，败的退却，胜的会张翅长鸣；战败一方或是逃之夭夭或是退出争斗，倒是很少有"战死沙场"的情况。我捉的蟋蟀跟别人家的蟋蟀去斗，总是战败在蟋蟀罐里，有朋友就跟我说，你这是城里蟋蟀，身体不强壮，吃不起苦，不敢冲锋陷阵，要去远一点的农地里捉，最好是去墓地一带，那里的蟋蟀个大、凶猛，大家都叫那种蟋蟀为"棺材板子"。我见过所谓的"棺材板子"，确实凶猛，但我自己从来没能捉到过，至今也没搞明白为什么墓地里捉到的蟋蟀就特别强壮又凶猛。

斗蟋蟀的季节很短，秋天一过，就再也没有了蟋蟀的叫声，没听说过蟋蟀能养过冬的。据说全国最著名的收藏家王世襄老先生，只养过蝈蝈过冬，也没法养蟋蟀过冬。季节性的娱乐过了季就不能玩了，那时属于季节性的娱乐还有春季的放风筝、夏季的粘知了、冬季的马路滑雪，一旦过了季就只能去玩别的游戏。但那时北方的孩子们长年不分季节可以玩的有一种叫踢沙布袋（类似丢沙包）的游戏，很多孩子们的书包里都会放着一个沙布袋，特别是女孩子。沙布袋的玩法男女有别，男孩子们玩的是踢大脚，开踢的人要有点技巧，又要有力量踢得够远；女孩子玩的是用沙布袋跳房，也用沙布袋拾果子。而沙布袋男孩女孩可以通玩的是单脚侧踢、高边腿踢、脚背踢，类似现在的踢

毽子；还可以夹着上楼梯，夹得越高越远越厉害。总之，手里有了一个沙布袋，就有了娱乐的工具，成了那个年代课间、业余时刻孩子们娱乐活动最好的陪伴。

还有一些大杂院孩子们常玩的游戏。几个男孩子玩着花式抽陀螺；还有一群孩子用自行车的橡胶气门芯，在前端绑一个去掉了笔尖钢珠的圆珠笔芯，用水的压力把气门芯灌大，像一根又粗又长的火腿肠，端在手里互相喷着打水仗；旁边一群孩子在单腿斗鸡（抗拐），单脚站立，双手掐住另一只脚踝或者拉住裤脚管，单脚跳跃着朝前进，互相用膝盖顶、压、触、撞对方的膝盖，谁的脚先落地或者谁先坚持不住，就算谁输。有时扛着扛着就退到了旁边女孩子们在跳的"房子里"，单脚正要跳方格的女孩子没地方跳就急了眼，说着"把他推出去，这盘不算不算"重新来；被推出来的男孩子双腿也就落了地，不能再架起来跟人比试，就钻进了旁边有两个女孩子在两端摇着的大绳，这游戏无论男女都可以跳，不绊到大绳就行，也是个常玩的游戏；还有一波人在边上跳皮筋，硕粗的橡皮筋两端固定在了柱子上，唱着儿歌有节奏的跳着，这恐怕是女孩子们的最爱，那种开心劲儿估计绝不亚于现在女孩子们排了长队后终于喝到了奶茶。

过去的"土游戏"伴随了我们的童年，增添了我们童年的快乐，无论男孩还是女孩都玩得尽兴，玩得开心。这些儿时的游戏现在回想起来还是津津有味，回味无穷。

这正是：铁环玻璃球，斗鸡单腿走；跳房斗蟋蟀，回味乐悠悠。

大杂院的故事 16 ——结婚的事儿

结婚，原本就是两个人的事，但在中国传统文化里却牵扯到很多礼仪和其他的因素。大杂院里结婚的事，糅合了传统与现代，自然别有一番风景。

人们现在遇到有亲戚、朋友、同事结婚，一般都会收到一个封面精致的红色请柬，里面写着"某某某与某某某喜结良缘，将于某月某日某时在某某大酒店举行婚礼，恭请光临盛大婚宴"。收到了这份请柬，如果没有特殊事情走不开就一定要去赴宴，这是人家拿你当亲朋好友呢。参加别人婚礼要送上祝贺的礼金，现在不兴送东西，商店里摆着的那些结婚纪念品，虽然很好看，但住家过日子一点也不实用，送现金实惠，这也是现在社会的一种普遍认知。用红包包上礼金，带去婚礼现场，祝贺新人新婚幸福。各地风俗习惯不同，各地有各地的"行情"，送的礼金金额也有所不同，看关系的远近，也有各人的能力大小的问题。对结婚送礼这事儿，国家暂时还没有明文规定礼金金额的标准，只能自己看着办，或是咨询身边朋友问个大概的标准，送少了不合适，送多了又无奈囊中羞涩，以恰到好处，不失礼为原则。现在大城市里的婚礼仪式基本雷同，一般都是委托给"婚庆公司"来操办，这样一来，主人家既省心又省力，婚礼办得也隆重。新郎新娘在婚礼上的台词、婚礼上的穿着打扮、包括婚礼现场的布置、婚礼仪式的主持等都由婚庆公司一手包揽，他们是这场婚礼的总导演。新郎新娘包括双方父母，就成了演员，一切由"总导演"来编导、指挥，参加婚礼的亲戚朋友同事们就成了台下的观众，通常搞得倒也是热热闹闹。中国人的传统观念里很重视仪式上的结婚，一对新人去民政局领了结婚证，只能说是履行了法律手续，那只是"结了一半的婚"，最终举行了一场邀请了众多亲朋好友和同事参加的有点规模的"婚宴"，才算是对外正式宣布了结婚。现在也有很多的新人去"旅行结婚"，即便如此，旅行回来也得去亲戚家朋友家或单位里分发一下喜糖。

如果将时光退回到四五十年前，城市里大多数年轻人的婚礼可就完全没有现在婚礼这种极尽奢华的场面了，儿女结婚，在家里摆有限的几桌酒席，请来亲戚朋友同事吃顿饭，找个年长的长辈做个证婚人，新郎新娘给来客挨个敬了酒，就算是一场挺正式的婚礼了。

中国在这四五十年以来的经济增长、社会发展、环境变化的速度有目共睹，由此带来了很多的文化、习俗、观念和生活方式的改变，其变化之大令世界刮目相看。四五十年前，在我家居住的大杂院里，经历过很多邻居家的子女们结婚和在大院里举办的结婚筵席，虽然那是些带有半农村式的婚礼仪式，但那就是当时的一种普遍的婚礼形式，一种被城市里居住的人们共同认可的举行婚礼的方式。

某日，隔壁邻居赵大爷来到我家，跟我父亲说他儿子要结婚了，选择了下月的一个周末吉日，想在大院里办结婚酒席，家里地方太小，很多酒席要准备的东西包括酒席时用的食物原料在自己狭小的家里放不下，想借我家的房间用一下。我家跟邻居赵大爷家关系很好，父亲没加任何思索就满口答应了赵大爷，还跟赵大爷说："儿子结婚是大事儿，到时把我家的房间腾出来尽管用，如果需要什么锅碗瓢盆，你们自己拿就好了。"

那个年代邻里间的互相帮忙就是这样的，不讲任何条件，跟现在的很多连同住一个楼层对门邻居姓什么叫什么都不知道的情况完

全不一样。

那个年代，在北方地区，男女恋爱双方一旦到了要谈婚论嫁的时候，男方家里就要开始准备当时流行的所谓"四大件"的家庭用品，具体说就是"三转一响外加三十六条腿"。这是当年非常流行的一个词，也是跟当时的家庭消费能力以及国家生产能力有关系。"三转"是指自行车、缝纫机、手表；"一响"是指收音机；"三十六条腿"是一个象征性的所指，各地风俗不同，所指物件的内容有所不一样，但大致就是大衣柜、梳妆台、高低柜、桌子、茶几、外加四把椅子，每件家具都是"四条腿"，所以大概需要九件带腿的基本家具，这是男方家里必须准备的。据说南方地区也讲"腿"，但那不是单指家具的腿，金华火腿也算是"腿"，南、北方的文化和习俗确实有着不小的差异。不带腿的储物用大木箱由女方家来准备，用大木箱来做女方陪嫁的情况比较普遍，木箱里要装进成偶数的可以用一辈子的新棉被和新棉袄。男方家长事先也会问清楚女方家长，这储物用的大木箱子是谁来准备，明确分工，避免重复。后来到了八十年代末，"三转一响"的内容有所升级，"三转"变成了摩托车、洗衣机、电冰箱；"一响"也变成了四喇叭收录机，后来又变成了电视机。是不是从过去的这些几转几响最终延伸到了现在的"有房吗？有车吗？"不得而知，但可以肯定，随着年代的推移，东西变得"大了"，说法也就随之变成了一个大大的疑问句。无论哪个时代，一般来

说女方总是不太好意思非常直白地开口问这些，但谈恋爱时女方一般都会不断地在暗地里侦查，不搞个水落石出轻易不跟他结婚。婚姻的门当户对很重要，但由经济来支撑婚姻也重要，百姓的生活总是那么现实，也需要现实。

那时给一对新人送结婚礼一般不送现金，都流行送些日常生活中比较常用又不可缺的日用品，常送的日用品有床单、毛巾被、毛毯、暖水瓶、脸盆、痰盂、台灯之类，也有送上面印了花朵的镜子，送的人会在镜子上面用毛笔蘸了红色油漆写上："×××和×××新婚致喜"，下面落款是"×××赠送"。很多人结一次婚能收十几个搪瓷脸盆、搪瓷痰盂，多得用不了就留着下次别人结婚时再送出去。但中国人的传统习惯里也有一些东西是不能送的。钟不能送，跟"终"谐音；伞不能送，跟"散"谐音；鞋不能送，跟"邪"谐音，也有送人"上路"的意思；还有蜡烛不能送；布娃娃不能送，那是"小人"；来历不明的石头也不能送，摆在那儿不吉利。有以前要好的同学们送相册的，算是有些文人品味的结婚礼。那时真丝绸缎面的相册也不算便宜，同学哥儿几人共同凑钱买了一本比较贵的缎子面大相册，大家在扉页上让字写得漂亮的同学用钢笔题了词，什么"海内存知己，天涯若比邻"，意思大概是你们终于从四海天边找到了知己；"志同道合，喜结良缘"，这倒能说得通；还有"自力更生，奋发图强"——结婚生子是要自力更生，前半部分的题词算是沾了点边，但那奋发图强就不知道是哪儿跟哪儿了。

中国人在传统意义上的结婚仪式是要摆酒席的，摆了酒席才称得上是进行了正式的结婚仪式，不像很多外国人

结婚以去教堂举行仪式为主，筵席吃饭为辅。中国人的普遍概念里是把"吃"放在第一位的，托人办事吃饭那叫"饭局"；结婚吃饭就叫"婚宴"，一边吃一边捎带着就把婚礼仪式给举办了。那个年代，城市里的饭店还没有"酒店"这叫法，只有"××饭店"或"××楼"。也不知是不是过去因为生活不富裕，太贫穷，饭店里吃饭没有酒喝，纯粹是吃饭，就只能叫"饭店"；后来随着百姓收入的提高和生活的富裕，在饭店里吃饭有了酒喝，觉得酒比饭贵，慢慢地就把"饭店"的叫法提升了高度，改成了高大上的"酒店"，但这仅是我的猜测。至今我也没搞明白为什么英文里的Hotel翻译过来为"酒店"，虽然里面也有饭吃，但那里终究是住宿的地方。那个年代即便有"饭店"，也有"楼"，但因为经济上的原因，加上传统的老观念，觉得结婚筵席只有摆在自己家里招待客人才够亲切，才够热情，也就很少有人把结婚的婚宴摆到"饭店"里了，结婚酒席都是在自己家里举办。那时住房都比较小，家里摆不开就摆到大院里，少则几桌，多则几十桌的都有，有时摆了满满一院子，规模之大，令人惊叹，也确实是一个热闹非凡的场面。

当时赵大爷提前就去邻居各家借了桌子椅子，儿子结婚的酒席当天摆了满满一院子的方桌或圆桌，大概有那么二十多桌。这二十多桌人吃饭的结婚酒席，自己家人干不了，就得请专业的厨师来做饭。这天的一大早，赵大爷托朋友请的大厨带了五个帮工来到大院里，在大院东南角开始支起了露天的锅灶，据说从风水上讲，婚宴酒席的灶台要设在大院的东南角，喜庆的事，设在那个方向吉利。锅灶旁边加了一个很大的风箱，那个年代，除了饭店里的大炉灶有鼓风机，商店里还真没有可供家庭炉灶用的小型鼓风机出售，大风箱就成为做多人大锅炒的必需设备了。又为了防备做饭时下雨，人们事先用竹竿和帆布搭建了一个临时大篷，一切做饭操作就在这大篷里进行，是个临时大厨房。婚宴酒席是从傍晚开始，大院里白天做饭光线没问题，但天黑下来就得有比较亮的照明才行，大厨带来的帮工们就从赵大爷家里接出了一根长长的电线，加了灯口捆绑在了支撑大篷的竹竿上，拧上了两个150瓦的大灯泡，要知道那时的一般家庭里用的都是25瓦的白炽灯泡，两个150瓦的大灯泡一装，足够把做饭的大篷照得跟白天似的通亮，大院里平时也从来没有这么通明瓦亮过，进大院一看就知道今天有谁家在办喜事了。

　　五个帮工在大厨的指挥下，切肉的切肉，洗鱼的洗鱼，择菜的择菜，还烫了好几只猪头，忙碌地准备着那个年代算是比较讲究的婚宴酒席的"八碗四"。这是指北方传统酒席四个凉菜八个热菜，集中了扒、焖、酱、烧、炒、蒸、熘的烹饪技法。八碗里面主要包括四荤四素，四荤以猪肉为主，精选了肘子肉、后臀肉；四素以白菜、海带、粉条、豆腐为主。俗话说："十里不同风，百里不同俗。"虽然同处北方，各个地区还是有着不同的风俗习惯，"八碗"的内容也稍有差异，有的地方是"八碗"，也有的地方是"十碗"，总之，当时也是因为生活的贫穷，这类婚宴酒席在北方地区就特别讲究"大碗"，要让来客觉得饭菜份量足，这比菜式的品种多还重要。常听说有北方人去南方的饭店吃饭，总觉得南方人小气，每盘菜的份量都太少，这哪能吃得饱；反过来南方人觉得北方的饭菜量是大，但做得太不精细，只是填饱肚子罢了，吃饭的品味不够。这是饮食文化方面的一种地域性差异。帮工们切着肉洗着菜，有一人告诉大厨说这鱼看着不太新鲜，咋办？大厨听后过来瞧了瞧闻了闻，这鱼可能买得太早，那时家庭里也没台冰箱，放久了鲜度确实不太好了。大厨就说把菜单改了，蒸鱼改成炸鱼，炸了就没事儿，上面再淋点糖醋汁，这就把原先二十几桌的蒸鱼改成了糖醋鱼；过了一会儿，又一帮工来说，这香菇也太小了，炒出来一缩看上去太小气，大厨瞄了一眼回话，现在哪里去买啊，菜店里根本买不到那种大个儿的香菇，就让帮工去大厨工作的饭店里借些大个儿的香菇来，回头再还给他们，不知事后是不是真的去还了。看来厨师们对做菜原料的好坏是用平时在饭店做饭时的眼光来判断的，私家婚宴也容不得马虎，宾客吃得不好会贬低大厨的手艺，那大厨就太没了面子。我总觉得大厨就像一场婚宴酒席的总导演，这一桌桌的菜肴是否色、香、味俱全，全靠大厨的指挥和大厨的手艺高低来决定，直接影响着今天婚宴酒席的整体

质量。现在的婚礼，最终是否隆重和有质量，全看婚礼主持人的水平高低；但过去大院里的婚礼酒席的质量好坏必定是看请来的大厨的手艺如何了。大厨在做酒席那天有点像太上皇，主人家一不当心说错话和伺候不好，大厨撂了摊子，那这一晚上的酒席也就砸了锅，会被人念叨一辈子。赵大爷今天就是负责侍候好大厨，他是儿子婚宴酒席的总管，一会儿给大厨和帮工们递着烟，一会儿给大厨和帮工们倒着茶，大厨口袋里装着一盒当时市面上最好的锡纸包的"大前门"香烟，两耳朵上又夹上了两根来不及抽的烟，当时看这派头，很是有些威风。不过，那时请大厨来大院里操办婚宴酒席是不讲钱的，都是朋友托朋友以帮忙的名义请来，那个年代，朋友之间是很讲义气的。对请来的大厨和帮工，直至婚宴结束，给人几条烟算是答谢一天的劳苦就可以了。一般能请得动的大厨，他们自己也以能操办这几十人甚至上百人吃饭的婚宴酒席而自豪，日后一旦婚宴那天的新郎和新娘在社会上发达成了名人，大厨们也会把自己当年给他们操办了婚宴酒席的事儿作为饭桌上谈资，让人羡慕不已。

傍晚时分，参加婚宴酒席的宾客陆续来到赵大爷家，送上了贺礼，给赵大哥送去了祝福。赵大爷家的桌子上放了一盘什锦糖块儿，那时在北方几乎还没有巧克力卖，盘子里混起来的糖块儿有当地出的硬糖和软糖，价格大约是一分钱一块儿，也加进了当地特产的高粱贻，算是贵一点的糖了，仔细找还能找到赵大爷托人从上海买来的大白兔奶糖的前身——米老鼠奶糖，当时这算是最高档的。当地有规矩，新娘要给每位来参加婚礼的亲朋好友剥一块儿糖送到人家嘴里，新娘顺手拿糖的时候很有些技术，娘家门上的来客，新娘顺手拿起来的不是米老鼠就是高粱贻，对不太熟悉的来客，随手拿起来剥的基本都是一分钱一块儿的硬糖，这是我站在旁边偷偷看到的，新娘大概看到我站在那里好长时间了，当我也跑过去向新娘要喜糖时，新娘熟练地剥了一块儿塞我嘴里，是米老鼠奶糖，这分明是堵了我的嘴，也甜到了心里，

觉得大嫂真好，就快速地跑开了。桌子上还有一个盘子里放了几盒烟，那时的香烟不带过滤嘴，有金鹿、红金、大前门，男的来宾都要由新娘给点燃一支烟。

赵大爷也招呼着大院里所有的邻居都来喝他家的喜酒，大院里随了贺礼的人家就派了代表来坐下，没随礼的人家就不好意思参加了。宾客们都落座后，赵大爷就宣布结婚酒席开始了。这时，大厨开始真正地显露着他的手艺，冷盘热菜在他的手里快速成盘，那些帮工伙计们飞一样地就把做好的"八碗四"端上了桌。赵大爷宣布了儿子的成婚，感谢着各位的莅临赏光，儿子的婚礼酒席就算开始了。席间，新郎新娘拜了双方家长，挨个桌子给客人敬了酒，这之后的过程跟现在的婚礼也没什么两样了。

酒席一直进行了三四个小时，直到深夜，宾客们才说着祝福和感谢的话陆续散去，赵大爷送走一拨又一拨的客人，最后大院里只剩下了新郎新娘的同学和同事，由新郎新娘照应着，赵大爷这才自己坐下，拉着大厨一起吃起了饭。

这正是：四碟加八碗，婚庆摆酒宴；同心向未来，喜满大杂院。

大杂院的故事 17 ——看电影

电影，记载着生活；而生活，比银幕上呈现的更精彩。

二十世纪六七十年代，电视机尚未普及，人们在文化领域的娱乐除了读文学作品之外，还有少量上映的电影和八个样板戏，以及一些地方剧，其中人们最渴望的就属看电影了。珍贵的东西一旦得到就会倍加珍惜，即使随着时间推移也会难以忘怀。

电影，这门近代才出现的艺术，自发明以来不过才短短130年的历史。据历史文献记载，中国最早引进电影是在1896年，由香港传入大陆。1896年8月11日，上海徐园内的"又一村"放映了"西洋影戏"，这是目前所知的电影在中国放映的最早记载。

电影的发明，丰富了人们享受艺术生活的内容。电影是把生活内容这面镜子打碎，又在另一面镜子上重新粘起来再现的一种视觉艺术。仅在这130年的历史发展过程中，电影从无声到有声，再到立体声；从黑白到彩色；从模拟技术再到数字技术，如今发展到了3D电影，其飞快的发展速度，最根本的推动力应该是离不开近代才发明的电和电子技术。

我从小喜欢看电影，对看过的许多电影仍记忆犹新。由于上世纪六七十年代上映的新电影数量比较少，有些电影就反复看了数遍。从小对那个年代拍摄的一些"抗日剧"电影看得比较多，比如《地道战》《地雷战》《小兵张嘎》，看了无数次，现在回忆起来，仍觉得这些电影无论是对剧情的描写、人物的刻画、内容的艺术性，以至演员的表演水平，都远远甩现在的"抗日剧"好几条街。又如《春苗》，李秀明的清秀甜美和到位的演技，迷倒了当时多少小伙儿；《平原游击队》，又让多少孩子在玩耍时，腰间都别上了"匣子枪"，学起了有勇有谋的李向阳；《渡江侦察记》，观众们都觉得反面人物演员陈述的演技是绝顶的精彩，赞叹不已；对于《英雄儿女》里王成的英雄形象，学校老师又让学生们写了多少电影观后感，可见其影响力之深、之大。最有意思的是《侦察兵》里的主角——饰演郭锐的著名帅哥演员王心刚，当年让全国上下多少女青年们倾慕有余。一段时间，有人给介绍男朋友时，女方会先问媒人，这男的长得像不像王心刚。

自从1978年改革开放后，也不知从哪里一下子冒出来了那么多导演，中国电影的发行数量开始迅速增多，质量也是有好有差良莠不齐。对电影内容的评价，英雄所见略有不同，人们的口味不一样，也是仁者见仁，智者见智，一百个观众有一百种解读。那时，国家也开始大量进口国外影片，所有进口电影都是由国内电影译制厂翻译后加了配音，上海电影译制厂的配音最值得称赞，著名配音演员有邱岳峰、毕克、乔榛、童自荣、丁建华、刘广宁、苏秀、李梓、尚华、翁振新、曹雷等，他们的绝妙配音让人至今念念不忘，不像现在引进的有些原版电影只是翻译后在银幕上加了中文字幕。

后来，电视机在城市居民家中逐渐普及，随之而来的是电视连续剧的出现。记得1979年上映的中国第一部电视连续剧，是女演员方舒主演的《有一个青年》，首次让中国观众看到了第一部由电视剧故事片。之后，各种国产、进口的电视剧扑面而来，应接不暇。记得那时引进的最多的就是日本、美国的连续剧，日本的《排球女将》《血疑》《姿三四郎》《阿信》《一休》《铁臂阿童木》；美国的《大西洋底来的人》《加里森敢死队》，这些极其经典的电视连续剧，加上当时刚刚打开国门实行改革开放，人们

对电影和电视剧艺术的饥渴充分显现，每到傍晚，《新闻联播》之后，家家开始坐在电视机前等待着电视连续剧的开播，还没拥有电视机的家庭，孩子们会去有电视机的邻居家观看，好客的邻居们也都不拒绝，欢迎孩子们的串门看剧，准备了很多小板凳供孩子们坐。那个年代的这种邻里间其乐融融的关系很值得怀念。记得有一段时间，每晚八点至十点期间放映日本连续剧《姿三四郎》，街道四处难见人影，各家的人们都不外出，在家里观看这部电视连续剧。还有很多人晚上骑自行车去朋友或同事家里观看，自行车就放在大院楼下或是临街门口，当看完电视剧打算回家时，出门一看自己的自行车已不翼而飞，毫无踪影，只得去派出所报案。据说这《姿三四郎》播出以来，自行车的失盗率急剧上升，派出所的民警也是多有苦衷，因人手有限，破案抓小偷实在是来不及，这丢自行车的人也只能自认了倒霉，再去买辆新的自行车，不过第二天再来朋友家，宁可徒步，也不骑自行车来了。那时的"追剧"之热、之疯狂，哪里是现在的小青年们追剧、追星可比的，也是现在的年青人很难理解的那个年代的一种生活情结。

将电影和电视剧做比较，我更喜欢看电影，总认为电影是艺术，电视连续剧是连环画。虽然连环画也可以称得上是艺术的一个分支，但跟电影比起来，多数电视剧讲述的故事较长，剧目过于冗长，其艺术性与电影相比也就稍有逊色。很多故事既拍了电影，又拍了电视剧，而电影是把一个故事用九十分钟左右的时间精彩地表现出来，是需要增加很多表现艺术和镜头技巧的，比如"蒙太奇"手法，在电影里使用就会效果倍增，而电视剧是注重细节的，使用"蒙太奇"总觉得不太自然，假设电影里"蒙太奇"手法是钢的话，电视剧里用到的"蒙太奇"就是铁。日本作家渡边淳一最著名的小说《失乐园》，既拍了电影，又拍了电视剧，两者做比较就会显而易见电影和电视剧两者之间的艺术性高低差异。

我们这一代，从小到大，从年轻到年老，在看电影这件事上，经历过许多电影院环境的不同和放映质量的差异。记得小时候，电影票价格虽然便宜，但上映的电影比较少，多数城市里，纪录片是七分

钱，老电影一角，新电影二角，学生票半价；新电影上映时人们都争先恐后地想办法买票去看。我家居住的附近有两个电影院，一个叫"红星电影院"，一个叫"胜利电影院"，稍远一点走路十五分钟左右还有个"红旗电影院"，南面有个"东风电影院"。

　　退回到二十世纪六七十年代，城市里的电影院多数座椅是折叠木椅，有时座椅坏了来不及修理，翻下来前面低，坐在上面直往前滑，无奈只得把椅子翻起来，坐在椅子边上，但这样人就比较高，后面一排的观众会很不满，嘟嘟囔囔说个没完，这场电影看得也就闹心了，也没地方可以投诉这椅子问题，只能觉得自己运气不好。那时看电影也不像现在拿瓶水或手捧个爆米花什么的，那个年代没有瓶装水，也没人看电影还带个军用水壶，但边看电影边吃东西的观众居多，一般是瓜子或花生之类的，那么多人一起嗑瓜子的声音在电影院里很响，瓜子壳也吐了满地，常常就会遭了白眼。那时电影散场，打扫满地瓜果皮核的清扫阿姨是很辛苦的，导致下一场电影的开始时间比较晚，都是这满地的瓜果皮核惹的祸。那个年代，电影院里是可以吸烟的，门窗全闭的电影院里通风不好，影院里飘散着一片"雾霾"，远处看屏幕，像是隔着半透明的磨砂玻璃。不吸烟的人被呛得咳嗽，用手不停地驱赶着缭绕的烟雾。随着时间的推移，各种法律法规不断完善，人们的公共道德意识和自我约束能力也在不断地改善和进步，现在已经没有人会在电影院里吸烟了。

　　当时有一种电影叫"内部电影"，是面向一般城市里的电影院可以放映的电影，但限制了观看人群。记得小时候，父母从单位拿到了"内部电影"票，两人要去看"内部电影"，这事儿不要说小孩子，就是大人们也会好奇，也会羡慕，人就是越"不够资格看"，越是想知道究竟是什么电影。记得有一次，父母去看的"内部电影"是《山本五十六》，后来改名为《偷袭珍珠港》（在日本叫《虎、虎、虎》），父母看完回来，我就急忙打听电影内容，父亲告诉了我大致的内容，成年后，

我千方百计要补上当年那一课，买了张《偷袭珍珠港》的 VCD，终于一睹当年的"内部电影"。后来中学毕业后，托人搞到一张"内部放映"的电影票，这是个限制儿童观看的片子，电影名字叫《望乡》。其他的不说，倒是扮演记者山谷圭子的演员栗原小卷给我留下了非常深刻的印象。

改革开放后不久，有一部轰动中国的日本电影《追捕》。那时，中国电影产量不高，质量也有待提高，突然引进了这部在日本也是上座率很高的电影，一下子让国人眼界大开。人们嘴上虽然不说，但心里琢磨着我们向往的发达国家富裕生活原来是这样的，有别墅、私人飞机和漂亮的街景，但最主要的还是被饰演杜丘的演员高仓健所折服，这位不拘言笑，风衣领子竖着，一举一动充满了"男人味"的高仓健，风靡了整个中国大地，征服了男男女女，不知他后来与张艺谋合作拍摄《千里走单骑》时，有没有也让中国的年轻人回家问一问自己的长辈是不是知道他。

改革开放初期，中国的电影处于百花齐放、百家争鸣的阶段，人们对国产电影的拍摄技术不是那么吹毛求疵，反而对故事情节总是津津乐道，这就有了叫座的电影《小花》《庐山恋》《少林寺》，故事情节相比同时期进口的《佐罗》《叶塞尼亚》《简爱》《冷酷的心》《基督山伯爵》《巴黎圣母院》《瓦尔特保卫萨拉热窝》《桥》《最后的冬天》等电影一点都不逊色。

那个时代，新上映的电影票是抢手货，电影票是有"黄牛"倒卖的，越是叫座的电影，黄牛倒卖的差价越

高。这些黄牛基本都是从电影院内部搞来的票，供求关系一旦失衡就一定会有人利用这种倒卖来赚差价，难以阻止。有人因临时有事不能去看那场电影会去退票，电影院门口就总有人在等退票，抢手电影不需要到售票口去退票，只要在电影院门口一站，喊一声"有没有人要票"，瞬间几十人就会把你团团围住，票钱先塞到你手里，然后一把将票夺走，生怕付了钱而票被别人抢去。退票和等退票都是个挺危险的活儿，我等过退票，也退过票，见证过那个浑身冒汗的惊险场面。几十年过去，如今去看电影早已没了那种场面，今日回忆起来也是感慨中国社会环境的变化之大，这种变化有许多精神层面的内容。

  过去看电影这事，除了欣赏艺术，还有一个另外的特别功能，就是谈恋爱的情侣会利用邀请对方看电影来增加双方的感情，尤其是男方会主动买张电影票送给女方，女方接了电影票，这事儿八九不离十就成了。如果女方说那天恰好有事，不能赴约去看电影，那就基本是婉言回绝你，这恋爱关系基本没戏了。沮丧之后，你会把已买到手的电影票送给哥们儿和好朋友，口里说着买票时多买了一张，朋友也不知究竟，只觉得是哥们儿想着自己呢。

  那个年代，大城市里都有电影院，稍大一点的镇有一至两家影院，到了真正的农村就没有电影院这一说了，但多数的公社里都有个"放映员"，这人是受县文化局管，专门从县里拿来电影片子去农村放映。在露天放电影，对于还没有通电的农村来说，需要准备一台烧油的小型发电机给放映机供电，是一件挺难为村干部的事。农村放电影是个大事，家家户户想看电影的人早早就拿着小板凳坐在了打谷场上，生怕去晚了只能站着，有时甚至人多得连站的地方也没有，很多人就跑到电影银幕背后，看是能看，但看到的电影是左右颠倒的。也常有电影看到一半下起了大雨，不得不停止放映，乡亲们为看电影不怕雨淋，但放映机器怕水，只得

中断，人们也只能怀揣着遗憾悻悻地回家去睡觉。所以在农村，有些时候看的都是"半拉子"电影。

现在，看电影已经不是什么值得炫耀的事情，电影院里的座椅也已经改成了很舒适的半沙发椅，电影看得舒服了，但看电影的幸福指数可能不及过去。我们没必要怀念过去，但我们应该知道过去。人类生活的越来越舒适，生活幸福的来源会多样化，但内容会有改变，毕竟时代在发展，社会在进步。

看电影的趣事有很多，说不完、写不尽，如果能唤起大家曾经的记忆，也是有幸之至。

这正是：银幕挂前方，淡淡一束光；世间百态事，投射人心上。

大杂院的故事 18 ——周末的欢乐生活

对很多人来说，工作的快乐来自于上班，生活的快乐则来自于周末。

现在的人们对于每周工作五天，周六和周日都可以休息的双休日制度已经习以为常，觉得那是理所当然的事情。其实在全国范围内实行双休日制度的事儿也仅仅是在离现在不远的1995年5月才开始的，不过是经历了那么短短的二十几年时间。在那之前，全国范围内实行的是每周工作六天的作息制度，一周只能休息一天，学生周六要上课，工厂、机关周六要上班，那时的"周末"，指的只是周日这一天。连续一周六天的上课或上班，到了周六，终于期盼到第二天可以休息，那种有些期待和兴奋的心情很难用一种准确的语言来描述。总之，想到了周日终于可以消除一周工作的疲惫，逃离平日的紧张繁忙，挣脱单位里琐碎的烦恼，一觉睡到自然醒，享受悠闲的好时光，过个舒服惬意的星期天，那心情像是即将迎来节日般的快乐。

周日这天，除了一些交通运输和服务性行业，大多数的人们都会在家休息，学生不上课，职工不上班，大杂院里就显得比平日热闹了许多，如果再遇到一个晴空万里的好天气，人们的心情也自然会跟这天气遥相呼应，明快许多。周日的早晨，平时早早起来出门去上班的人变懒了，虽然太阳已经高高升起，阳光洒满了大院的每个角落，但很多人家的大门仍是紧闭，在家睡起了懒觉，恐怕都是想甩掉一周繁忙工作带来的各种身心疲惫。

大杂院一进门的大门口那里，平时加了锁定时开启的共用水龙头，在周日这天是全天敞开，随时可用。早起的很多家庭主妇们已经开始陆陆续续在自来水龙头周围聚集了起来，洗衣服的洗衣服，洗被单的洗被单，还有几家的孩子们在那里用鞋刷子刷着穿了一周的球鞋。洗衣洗被单的女人们，在水龙头旁放了一个大大的洗衣盆，拿出了全家老小积攒了一周要洗的衣物，坐在小板凳上，一边把要洗的衣物打着肥皂，在搓板上用力地搓着，一边跟身旁的邻居们拉起了呱（聊天），说着家长里短，论着张三李四，不亦乐乎，好像这样可以抵消了洗衣的劳累。那个年代，洗衣用的搓板是每家每户住家过日子必备的洗衣工具，如果谁的家里没有洗衣搓板，那简直是不可思议。北方城市里不兴用木棒敲打要洗的衣物，也不像江浙一带的人们在一个木案子上用很硬的板刷刷衣服，北方人担心那样会把衣物刷坏。"百里而异习，千里而殊俗"，不同的地区，生活习惯有所不同，各有各的不同道理。如今，因为洗衣机的广泛普及，已经很少有人家里再能找出搓板这东西，基本被时代所淘汰（农村很多地方可能还用）。那个年代洗衣物，还没有洗衣液，也很少有人使用洗衣粉来洗衣物，说是用了洗衣粉，洗起来虽然省了力，但过清水漂洗时总是有永远漂不净的泡沫，很难把所洗衣物上残留的洗衣粉去得干净，既浪费水，心里又总是对那残留的洗衣粉有些不踏实，所以轻易不用洗衣粉来洗衣物。那时洗衣物用的都是那种泛着黄颜色的比一般香皂长一倍的长条洗衣皂，就像我们看到马路上跑的那种比一般公交车长一倍的大通道车。这种洗衣皂购买时要凭票供应，一家一户每月可购买的数量被限制，但只要不是洗过多的衣物，一般也都够用。刚刚买回来的肥皂比较软，北方人形容它是太"宣"，洗起衣物来比较耗肥皂，人们就会想办法先把它的水分晾干，让它变得比较干硬一些，这样的肥皂用起来就非常的节省。所以，那个年代在好多人家的窗台上都能看到摆放着正在晾干的

洗衣皂，远看分不清那一排排摆放的是好吃的小米年糕还是肥皂，这也是当年常见的每家每户窗台上的一道有趣风景。当共用水龙头周围的女人们把衣服洗净漂完，要拧干那些硕大的被套和床单时，自己一个人就有些力不从心了，扯着嗓门喊起了家里的男人，让他们来帮忙拧干这又大又重的被单。把洗干净了的被单扯开，夫妻两人就离开一定距离各攥着被单的一头，各自用力拧了起来。

　　水龙头旁的孩子们在认真地刷着自己心爱的球鞋。当年买一双质量上乘一点的高腰或矮腰的球鞋不便宜，比较高档的要属当年上海回力球鞋厂出产的闻名全国的"回力牌"运动鞋，那时市面上绝对见不到阿迪达斯和耐克。孩子们用鞋刷打了肥皂一遍又一遍地刷完，再拿清水过干净，用手甩干了水，就开始往那白色球鞋上面涂抹滑石粉，算是给鞋"化妆"，也决不会忘记顺便把白色鞋带也涂了粉，然后放在自家窗台下，待慢慢晒干，一双崭新的白色球鞋又出现了，只是上面有很多白色滑石粉要轻轻拍掉。

　　人们洗着洗着衣服，就听到有人在家里朝窗外扯着嗓门喊："不好、不好，好了、好了！"这喊声很响，全大院的人都能听得见，但人们似乎并没有担心，知道这是又有谁家在屋顶调试电视机天线呢。我好奇，赶忙跑到外面的露天走廊，看到邻居由大爷的三儿子正在大院尖尖的屋顶调试他家的电视天线。我们居住的大杂院，房子的屋顶是用那种舌形瓦铺就的一个很陡的斜坡，走在舌形瓦上有点滑，由大爷三儿子由三哥穿着回力胶鞋，小心翼翼地爬到了屋脊那个属于他家的水泥烟囱处，烟囱上绑着由三哥自制的电视天线，他在不断地调试着天线的角度。那个年代，城市里电视机刚刚开始普及，一台9寸或12寸的黑白电视机要售300~400元，但那时一般职工的工资收入每月仅为30~50元，也就是说要不吃不喝用接近一年的收入才能买一台

现在看来屏幕小得不能再小的黑白电视机，可见电视机是一件多么昂贵的奢侈品，那是一个家庭里绝对的"大件"电器。能花这么贵的价钱买回家一台黑白电视机时的那种兴奋劲绝不亚于现在的人们买回一辆家用轿车。平时，电视机不开的时候，几乎家家都会用一块儿认为好看的装饰布把它遮盖起来，那时的商店里还有专门出售盖电视机的布罩子，各种布料各种花色，以金丝绒料子为最高档货。刚开始普及电视机的年代没有有线电视这一说，收看电视节目时要靠电视机自带的拉杆天线调试着电视画面的清晰度，信号弱时，显像管屏幕上常常是布满了雪花，总像是下着毛毛雨，画面质量不佳。这时要把拉杆天线摆弄来摆弄去，有时刚调好了比较清晰的角度，手一放开，又出现雪花，这才知道人体是拉杆天线的强大延伸，只得手扶着拉杆天线站在屏幕前看电视，直到胳膊酸得抬不起来。为了能增强电视接收信号，就不得不在房子屋顶的高处架一副室外电视天线，那时销售电视机的无线电商店里卖的室外天线比较简易但价格也却不便宜，很多人就从工厂里搞来了直径十毫米左右的紫铜管或铝管，弯成一节一节的S形平面，下面接上一根自来水管，将这个自己土造的"室外天线"架到屋顶并捆绑在了自家的烟囱上，电视室外天线要用一根300欧姆双股扁线，先在室外天线上面接好，一直拖下来拉进屋子里，然后接到电视机的天线端子上，为了使电视信号达到最好效果，架在屋顶的室外天线就要调整角度，尽量朝向电视塔的方向。这活儿一个人干不了，得两人配合着调，一个人在屋顶来回调整室外天线的方向，一个人在家里看着电视机画面，直到屏幕上的雪花基本消失，这就出现了开头说的有人在家里扯着嗓门大声喊着"不好、不好，好了、好了"。这屋顶和家里的喊声为大杂院的周末增添了许多的热闹，这是过去大杂院里假日、周末欢乐大杂烩的一道佐料。

由家三哥从小喜爱钻研无线电技术，组装了不少的半导体收音机，

也常常给邻居们修理个收音机什么的，是我们大院里的无线电"专家"。大院里有人做了个土造的室外天线，就会去请教他这天线的形状是否合适，由家三哥热心肠，总会给人出好多主意，让人感激遇到了有本事的好邻居。抬头看着由家三哥调试完屋顶的室外天线，开始小心翼翼地顺着屋顶的斜坡往下走，我着实为他捏了一把汗，没根安全绳子绑身上，一旦脚底打滑就有可能从斜面的屋顶摔下来，要知道，我们大院里可是铺的石头地面，一旦不小心摔下来后果不可想像。由家三哥终于慢慢从屋顶上安全地下来了，刚想回家去看电视机画面的效果，突然想起带上屋顶去的螺丝刀忘记在了烟囱那里，沮丧地说只能再爬一次屋顶去拿回来。在那个年代，如果你从一个大楼高处或哪座山顶俯瞰整个城市全貌，映入你眼帘的一定是城市里的每栋房子屋顶都布满了杂乱无章的室外电视天线，还有一根长长的扁线顺着窗户拖进了家里，像是家家都在收发电报。全国开始普及电视机、开始看电视的时代就是从这必定要在屋顶架一根室外电视天线的景象开始的。

　　由家三哥调试完了天线，就又在院子里干起了他的"老本行"，自己组装一台"落地机"。那时，半导体技术已经有了突飞猛进的发展，晶体管收音机开始取代了老式的电子管戏匣子，一般的家庭里用的是手提或台式的晶体管收音机。晶体管收音机的喇叭尺寸都比较小，飞乐牌的5寸喇叭算是大的了，收音机播放的音质就受到一定的限制。当时社会上开始流行起了自己组装的有12寸大喇叭、放在地上有半人多高的收音机，因为是直接落地摆放，所以被称作"落地机"。懂无线电技术的由家三哥，就开始组装起了他的这个"大工程"。那时市面上12寸大喇叭很少有得卖，即便有，价格也昂贵，做落地机就得从做喇叭开始。只见由家三哥在火炉上面支了一个很厚的生铁锅，把那些不知从哪里弄来的

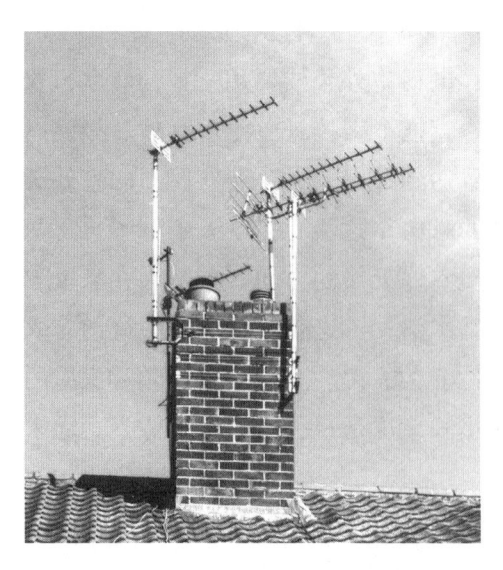

废旧的铝材放进锅里，拉着风箱用很旺的火加热使其溶化，然后将铝水慢慢倒进一个木制的喇叭模具里，等它冷却后，劈开木制的模具，一个12寸喇叭铝盆就成型了，这就是所谓的铸造技术吧。喇叭铝盆做好，由家三哥又把自己手工绕了漆包线的音圈仔细地装到还没有充磁的磁钢槽里，然后将喇叭纸盆固定在了喇叭铝盆上，中间与音圈衔接处用胶水粘好，等待胶水晾干，拿着喇叭去大院附近的一家异型管厂，花二角钱让人家给喇叭的磁钢充上磁，这个自制的喇叭就做成了。当时大院里的邻居们看到由家三哥连12寸的大喇叭都能自己做，就对他的无线电手艺更赞不绝口了。

由家三哥做着他的喇叭，邻居李家兄弟俩人拿了些砖头，和了些水泥垒起了鸡窝，有几个邻居围在旁边，一边抽着烟跟兄弟俩聊着天，一边端详着他俩垒的鸡窝。我趴在二楼走廊的栏杆上，瞄着垒鸡窝的方向，但我不是观摩兄弟俩正垒着的鸡窝，而是端详着围在那里看垒鸡窝的几个邻居。他们表面看上去是在观摩并欣赏着兄弟俩一砖一砖垒起来的鸡窝，实际是在学着垒鸡窝手艺，偷着兄弟俩的技术，信不信由你，过不了下周末，围观的这些邻居们的家门口就都会出现一模一样的鸡窝，用现在流行的话说这叫"弯道超车"，走捷径。近代以来的中国人，发明创造很少，但仿造他人做产品的技术是世界上数一数二的，是不是从垒鸡窝这事儿开始的就不得而知，但这是反映了中国人很会仿造他人技术的一个缩影。

水龙头旁洗了大量衣服床单被套的女人们已经在大院里的两根柱子之间拉起了晾晒衣物的粗绳，一道一道的绳子上挂满了床单和衣服，像是舞台上一道道的大幕，进出大院的人们只能躲着绕着这些晾晒物

穿行。但这下可得了小孩子们的意，开始在这些一道一道的晾晒物之间捉起了谜藏，在中间穿来穿去，不亦乐乎，这时免不了会不小心碰到大人们刚刚晾晒上去的白色被单，就受到了大人们的训斥，多数的孩子们也就不得不停止了捉迷藏，悻悻离去。但也有些不听训的孩子，继续着他们的游戏，大人们就只得无奈地把晾晒的衣物收掉，嘴里嘟囔着"这些熊孩子真是烦人"，抱着被单，脚踩着散落了一地的嘟囔回了家。

这时已经近了晌午，睡懒觉的人们也都起了床。只见在工厂里干木匠的孙叔搬出了很多木料，又抬出了一大筐的弹簧，这是准备包沙发呢。当时，自己或请朋友给包沙发是一件非常时髦的事，一段时间里，包沙发的场景遍及了城市里的大街小巷，尤其是到了周末，大院里、大街上到处可见正在包沙发的场景，年轻力壮的小伙子能被朋友叫去包沙发，是件很自豪的事情，也只有把对方看作是"哥们儿"才肯出马去给人包。现在一些上了年纪的朋友们之间，还常常会提起过去这事儿："当年我家的那对沙发还是你给我包的呢！"真是记了朋友一辈子的情，成了两人之间长年友情的粘合剂。孙叔的包沙发技术老道，我就在旁边站着看了一个下午，也算是偷了点技术，学会了包沙发的技能。

我站在那里看着孙叔一点一点的在木架子上拉弹簧、铺麻袋、铺棕丝，再铺麻袋、铺海绵，一个沙发基本成形，看得我津津有味。这时，大院里出来玩耍的孩子们越来越多，男孩子们弹蛋儿的、打板的、扇烟牌的、打木头的、扛拐的、骑大马的；女孩子们玩跳房的、跳橡皮筋、拾果子的、扇糖纸的、捉迷藏的，还有一堆在看小人书。大人们也闲不住，有的在家里搞起了大扫除，有的在家里粉刷着屋子，有的买了粮买了煤回来，有的在席子上絮起了棉袄棉被，好不热闹。这时大院里来了走街串巷磨剪刀的大爷，进大院就喊上了："磨剪子来，戗菜刀"拖着那个年代人们耳熟的特有长音，那一声声的吆喝，嗓音粗犷，抑扬顿挫，婉转悠扬，吆喝声在大院里悠悠回荡，这就是一种广告形式，一种身份的说明，目的是为了引起人们的注意，告诉你磨剪子戗菜刀的我来了，也成就了那个年代街道上、大院里不可或缺的美妙音符。

　　剪子二角，菜刀一角，大家赶紧回家拿出了已经钝了好久的剪子和菜刀，磨剪刀大爷就嘴里哼着别人听不懂的小调，乐呵呵地一把接着一把磨起来，菜刀磨好了总是会拿张纸削给你看，证明着他的磨刀技术。人们正围着磨刀师傅，门口又进来了剃头匠和锔锅碗瓢盆的手艺人，这剃头匠手里端着一把长形的钢制咣叉，形状像把放大了的镊子，用一根二十厘米长的细铁棍在里面一撸，咣叉就响起了久久的颤音，过去大院里居住的人们太熟悉这声音了，知道是剃头师傅来了。剃头匠的挑子上一头挑着一个既是工具箱又可用作凳子的木箱子，箱子下面有抽屉，里面放着理发用的工具，另一头挑着一个炉子，用来加热烧水，给人洗头洗脸，过去有句俗语："你别瞎起劲儿了，真是剃头挑子一头热。"可能就是这么来的。想剃头的人就坐到了剃头匠挑来的箱凳上。相比起磨剪刀的师傅和剃头匠，锔锅匠就低调了许多，一边声音不大的也拖着长音吆喝着："锔锅……锔盆来"，一边就进了大院，找了个阴凉地撑开了马扎子坐下，摊开了手拉钻和配件，等着客人自动前来。相对来说，锔锅锔盆这手艺的技术性强些，不是一般人都能干，是不是技术性越高的手艺人吆喝声就越低没具体考究过，不过确实是要属没什么技术含量的走街串巷收废品的吆喝声最响。

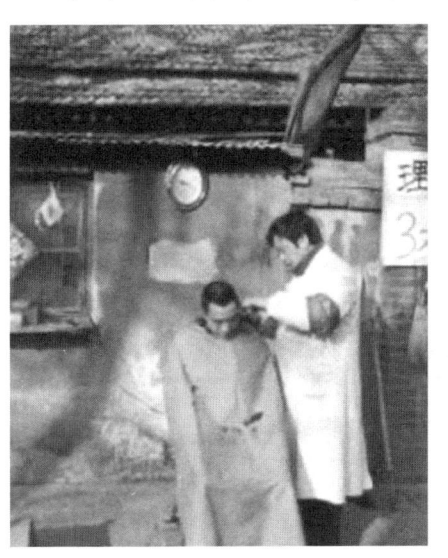

　　大院里正热闹着，门口又进来一个推着一辆很矮的两轮板车的大爷，板车上架着一个爆爆米花的炉子和一个比较小的风箱，大爷就把车子往院子正中央一搁，坐等拿着生玉米或大米的人来。不少孩子手

里揣着一支碗，里面装着生玉米或大米，跑到爆爆米花的大爷前面把要爆的粮食交给他，就看大爷把玉米粒放进那个像只大老鼠的爆米花机里，加进了些糖精，盖紧了盖子，往原来就没灭火的炉子里加了点煤块儿，拉了几下风箱让锅升温，使锅里面的玉米粒也跟着加热。大爷左手一会儿顺时针、一会儿逆时针地转动着爆锅，让玉米粒均匀受热，右手拉着风箱让炉子更旺。爆米花机上有一个压力表，达到所需的压力和压强之后，就停止加热，将爆米花机从炉子上移开，出口处用麻袋罩住，手拿一根铁管子带着点爆发力，撬开已经很大压力的爆锅，开锅一瞬间，"蹦"的一声巨响，像是一颗炸弹，随后高温高压气体连同爆米花一起喷射而出，原来一小碗的生玉米瞬间变成了一大脸盆松松的爆米花。那个年代在城市里的大街上如果突然听到"嘣"的一声巨响，没人怀疑是炸弹爆炸，都知道是哪里又有人在做爆米花了。

大院里的热闹一直持续了一整天。渐渐地太阳即将落山，接近了傍晚时分，有几家的男孩子从家里抱出了很多长长的木柴，拿了把斧头坐在小板凳上劈起了柴火。劈柴用的斧头原本是一种用于砍削木材的工具，斧头为金属，斧柄为木质。斧头在古时候也曾有一段时间作过兵器。在北方地区，家家都备有斧头，那不是兵器，是专门用来劈生炉子用的柴火的。北方地区家里使用的做饭炉子一般都是比较小的花盆火炉，引火用的木柴就得劈成十公分左右比较短的木柴才能使用，但煤店里

不卖这么短小的木柴，都是些大木头，买回家来，就一定得用斧头劈成可以放进炉子里的短小木柴。劈柴基本是每家每户隔段时间必做的一个家务活儿，一般是让男孩子干，但家里没男孩子的也就只能女孩子干这事了。过去在北方地区，小孩子只要到了能干家务活儿的年龄，都会被家里大人差去劈柴火，没人觉得是一件奇怪的事，反而是当一个大人在大院里劈柴火时，一定会有人问："你家孩子呢？"这是在北方大杂院里生活过的人们的一般认知。看着邻居家的孩子劈起了柴火，父亲就让我也把家里存着的大木头拿到大院里去劈。我悻悻地抱着木头出来，拿了把家里的斧头，坐在那里劈了起来。劈引煤的柴火也有点讲究，木质比较松软的红松木、梧桐木之类，劈起来比较轻松，可以劈得稍微粗大一些，松软的木头比较容易被纸点燃，但着火的耐久性比较差，引燃煤块儿需要比较多的柴火；而木质比较硬的柞木、柚木之类的硬杂木，劈起来就比较费力了，因为木质硬，就要劈成一块儿一块儿比较小的形状，因为它比较耐烧，用少量的柴火就能引着煤块儿。我劈着劈着发现有一块儿木头上有一个很大的圆圆的木节疤，北方人也叫它为"油子"，可能是木节疤里含有木油比较多，用火烧它会往下滴油。这种木节疤很重很硬很滑，像一块石头，用斧头根本劈不开，如果用斧头钝的那面敲上去又会打滑。但今天这块儿"油子"太大，我就想把它敲碎，用斧头敲着敲着，一用力，这块儿"油子"一下子蹦了起来打到了我的左眼，疼得我立马用手捂住眼睛，稍过了一会我放开手，左眼睁开后一片漆黑，只剩中间有一个小米粒大小的亮光。我捂着眼赶紧跑回了家，父亲一看这情景，背起我就往离家百十米远的市南医院跑，没挂号就直接冲进了眼科。周末，医院里只有急诊，其他科室的大夫都休息，急诊科的大夫说，你们等着，我去把住在医院附近的眼科大夫从家里叫来。我躺在眼科的病床上等待着大夫的到来，这时心里的害

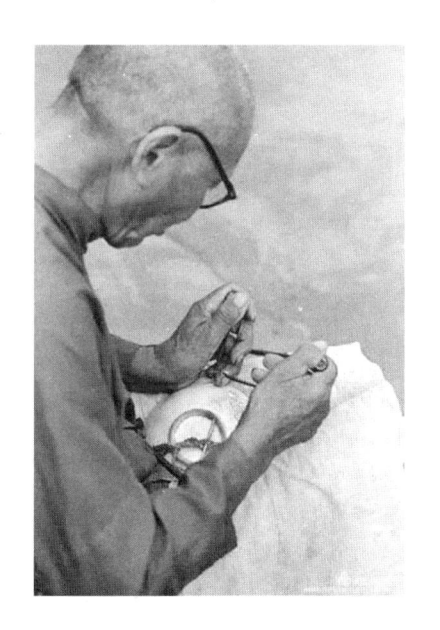

怕远远超过了眼睛的疼痛，恐惧袭来，满脑子都是瞎了一只眼那可怎么办。很快眼科大夫来了，用放大镜看了我这只"半瞎"了的眼，说是还好没有伤到瞳孔，用药水冲洗一下，敷上眼药包起来，待上半个月就能好。就这样，我"独眼"了半个月，在这半个月的时间里，我只能一只眼观看大杂院的景象了，对大杂院的观察也就暂时告一段落了。

时间在走，年龄在增，不知不觉中，我们都老了。从童年到少年是快乐，从少年到青年是热情，从青年到中年是成熟。经历了就是财富，从童年到中年，大杂院里的生活给了我各种亲身的经历和感受，总是念念不忘，这就促使我一定要把它书写成文，这是对那个年代生活环境、生活状态的一种记录缅怀。

这正是：周末快乐多，大院享生活；往事堪回首，留待后人说。

后 记

如果您一直耐心地阅读了此书,请接受我真诚的致意。

不知不觉间,时光已经遥遥迢迢离我们而去。我用了历时半年多的时间,将这些过去在北方地区看似平淡又不乏有趣的大杂院里发生的真实故事绘于纸上,旨在给没住过北方大杂院的南方人以及现在的年轻人展示一些当时人们的生活环境和生活状态,作为故事,也作为对过去百姓生活的一种记录。

我的父母是地道的南方人,我出生于上海,后因为父母工作调动的原因,记事起就生活在了北方。在对日常生活的认识里,因受家庭生活习惯的影响,既有南方人的习惯和思维,又具备了北方人的生活常识。因潜意识是南方人,总拿南方人的生活习惯去衡量每件事,所以对北方人的生活方式特别好奇,这就造成了在一般的北方人眼里可能是一个再平常不过的生活细节,而我会觉得非常新鲜和有趣,对北方地区的生活习惯和细节就会特别留意和观察。南方人在北方生活的体验,带来了人生观以及近大半生的生活改变,谨以此感恩父母,感恩生活!

我们的国家,在短短的三四十年间,经济飞速发展,生产力大幅度提高,我们的日常生活已经发生了翻天覆地的变化,这种发展速度史无前例,是世界上任何一个国家都绝无仅有的。现在的年轻人如果不是通过书籍、网络、电视去了解,怎能知道在三四十年前,仅是买煤、买粮,就需要花费人们那么多的时间、精力和体力,但那又的确是在父辈们的记忆里抹不去的一个时代。经历过那个时代的人们,生活艰苦,但邻里间的和睦友情也使得他们对过去那个年代心存一种复杂的情感,记忆中有苦也有乐,这就出现了很多上了点年纪的老人们一旦聚在一起,常常会就过去的生活与现如今的生活比较个没完，说得津津乐道，这是促使我将那个年代的生活状态还原记录下来的最大初衷。如果文中的某一段文字，某一张插图，能够唤起读者对自己过去生活的共鸣和追忆，我所叙述的这些故事和所做的一切，也就有了一点意义。

感谢在写作过程中给予我鼓励和支持的所有朋友，特别感谢每个章节都给予我中肯意见和鼓励的李波先生，这才让我有了坚持写下去的信心；也特别感谢李芬老师，她归纳了每篇故事的中心思想发给我，这才使得故事紧扣标题，从初中到现在，她成了我一辈子的语文老师。过去北方地区大杂院的趣事像玻璃碎片散落一地，一块一块地拾起来粘好写成了故事，但有些对生活的观察和观点未免浅薄，故事也并没有写全，这是遗憾，今后如有空暇时间，业余喜欢看书写字的我将继续提笔，尽量弥补故事未写尽之遗憾。

授人以鱼，不如授人以渔，非常感谢上海著名作家沈嘉禄先生百忙之中抽出宝贵的时间为我写序，沈嘉禄先生所写的序给这些百姓生活趣事提高了叙事高度。沈先生的很多好书曾经把我的思考带入一个新的境界，唤起我内心真实写作的勇气，让我摆脱了如何去写为好的泥潭，终于让《梦醒大杂院》和大家见面。

感谢在我写作过程中，中国书籍出版社的领导对每个章节的"吹毛求疵"式的要求和指导，感谢责任编辑对此书的每个章节不辞劳苦的修改和编辑。

应里风

记于 2020 年 8 月

图书在版编目（CIP）数据

梦醒大杂院 / 老鹰著. -- 北京：中国书籍出版社，2020.9

ISBN 978-7-5068-7970-5

Ⅰ.①梦… Ⅱ.①老… Ⅲ.①长篇小说–中国–当代 Ⅳ.①I247.5

中国版本图书馆CIP数据核字(2020)第166264号

梦醒大杂院

老鹰 著

责任编辑	禚　悦
责任印制	孙马飞　马　芝
封面设计	王昱雯
出版发行	中国书籍出版社
地　　址	北京市丰台区三路居路97号（邮编：100073）
电　　话	（010）52257143（总编室）　　　（010）52257140（发行部）
电子邮箱	eo@chinabp.com.cn
经　　销	全国新华书店
印　　刷	青岛新华印刷有限公司
开　　本	787 mm × 1092 mm　1 / 16
字　　数	156千字
印　　张	10.5
版　　次	2020年9月第1版　2020年9月第1次印刷
书　　号	ISBN 978-7-5068-7970-5
定　　价	36.00元

版权所有　翻印必究